POEMiE ™

T O M   D E   T O Y S
alias *DER FRIEDHOFSFAHRER*

UNIFORM UND UNIVERSUM

VOM FAHRGASTBEGLEITER ZUM FRIEDHOFSFAHRER

Tagebuch eines Trauerchauffeurs

Band **02** – 06 / 2024

Hrsg. G&GN-INSTITUT 2024

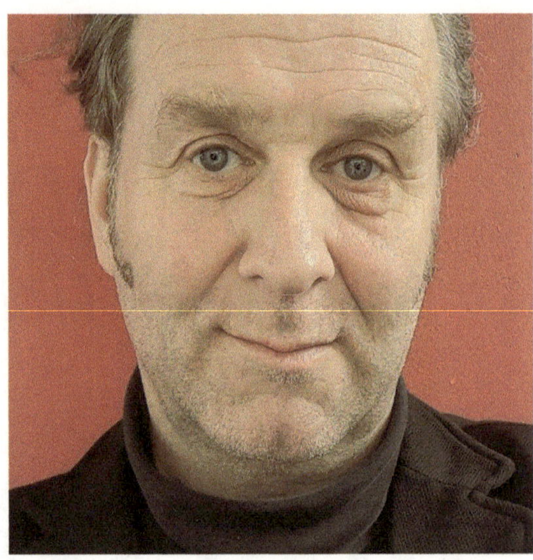

Der 55- & 56-jährige Autor 2023 & 2024 © www.TomHolzapfel.de

Tom de Toys, geb. am 24.1.1968 in Jülich/NRW, lebt seit 2012 in Düsseldorf Eller Süd. Machte 1989 eine sogenannte Lochismus-Erfahrung, die seine "Neuropoesie" initiierte. Gründete 1990 das **Institut für Ganz & GarNix** (g-gn.de), entdeckte 1994 die *"Erweiterte Sachlichkeit"* als Liebeslyrik-Therorie (liebe2go.de), gewann 2000 den ersten Nahbell-Lyrikpreis (poesiepreis.de), erfand 2001 die **Quantenlyrik** (quantenlyrik.de) und gründete seine **Trademark POEMiE™**. Seit 2015 Anhänger von Nullyoga und Gastautor bei der LDL (Liga der Leeren). Organisierte bis 2017 drei Offlyrikfestivals (lyrikfestival.de). Seit 2018 als *"zusätzliche Betreuungskraft"* zertifiziert (betreuungsalltag.de), seit 2023 Chauffeur für Trauergäste auf dem Düsseldorfer Nordfriedhof (friedhofsfahrer.de). Reaktivierte 2019 seine Freejazz-Klavierreform *"Das Desinteressierte Klavier"* (nondualjazz.de). Alle lieferbaren Bücher @ Neurogermanistik.de & Neuroliteratur.de

Publikationen (Auswahl aus ca. 200 Büchern & Heften, seit 2014 mit ISBN):
1989 "DIE MYSTISCHE INFLATION" *(Das komplette Frühwerk in 4 Bänden im Schuber)*
1990 "DAS LETZTE BUCH" *(Kunstkatalog mit ausgewählten Bildern & Gedichten)*
2014 "ZIELE DER ZÄRTLICHKEIT" *(Jubiläumsausgabe aller E.S.-Liebesgedichte 1994-2014)*
2015 "BODENLOS VERWURZELT WIE EIN STERN" *(Großer Werkquerschnitt 1985-2015)*
2018 "NEUROSMOG – ABGRUNDTIEFE WELTROUTINE" *(Kritische Poplyrik 2011-2015)*
2020 "POETROPIE" *(Metapoetologie der Neuropoesie 1993-2020 inkl. Corona spezial)*
2023 "SYMPTOMFREI OFFLINE" *(45 neue definierte Gedichte 2020-2022)*
2023 "AM ENDE LIEGEN ALLE FEINDE NEBENEINANDER" *(113+1 Friedhofsgedichte)*

ORIGINALAUSGABE 2024
ISBN 9 7 8 3 7 5 9 7 5 1 0 1 0
© Herstellung und Verlag: **BoD** – Books on Demand, Norderstedt

"...menschen, denen ich helfen kann, ihre erledigungen leichter oder überhaupt zu bewältigen! was für ein segen, nicht mehr auf die pflegemafia angewiesen zu sein, sondern endlich wieder BEDARFSGERECHT zu betreuen bzw. zu begleiten. das individuum mit seinen bedürfnissen steht an oberster stelle, und zwar ganzheitlich und mit dem zeitaufwand, der eben nötig ist, um das gewünschte ziel zu erreichen. wenn pflege so organisiert wäre wie fahrgastbegleitung, wäre das wirklich eine pflegerevolution, nämlich personalschlüssel 1 zu 1, eine krasse utopie!"

DER FAHRGASTBEGLEITER 2023

"Im Gegensatz zur Betreuung im Pflegeheim herrscht auf dem Friedhof Entschleunigung, Stille und Empathie gegenüber den traurigen Fahrgästen, was im Betreuungsalltag gar nicht erwünscht ist, obwohl der Beruf sich durch diese Kompetenzen definiert. Dort heißt es stattdessen, ach kannste mal bitte schnell... NEIN – ein Wörtchen, das kaum eine Betreuungskraft über die Lippen bekommt. Es herrscht diese gedeckelte Feigheit, das Duckmäusern und Falschdokumentieren – aus Angst vor dem Verschlechtern des Arbeitsklimas, dem Mobbing und dem Verlust des Jobs wegen Befehlsverweigerung."

DER TRAUERCHAUFFEUR 2023

Als Rheintaxi-Chauffeur schrieb ich 2013 das Buch "RU[H]R RÄTSEL". Als Betreuungskraft suchte ich 2020 während der Coronakrise vergeblich nach einem passenden Job: bei der Caritas musste ich kündigen, da ich kriminalisiert wurde, und bei der Diakonie endete das Vorstellungsgespräch, weil ich mir nicht *"vorstellen kann, wieder eine Konfession anzunehmen"*. Umso mehr freue ich mich, meine Kompetenzen als Betreuer & Chauffeur **dank der ZWD (Zukunftswerkstatt) seit Juli 2023** als Fahrer des sogenannten "FRIEDHOFSMOBILS" auf dem Düsseldorfer Nordfriedhof einzusetzen und dadurch SOZIAL NÜTZLICH zu sein.

www.FRIEDHOFSFAHRER.de

INHALT

BONUSTRACKS

MULTIMEDIALE PRÄSENTATION:

https://www.youtube.com/@FRIEDHOFSFAHRER

https://www.facebook.com/FRIEDHOFSFAHRER

https://www.instagram.com/**trauertaxi**

https://www.tiktok.com/@friedhofsfahrer

https://x.com/friedhofsfahrer

VIDEODOKUMENTATIONEN:

GRABLYRIK.de & *ARBEITSDICHTE.de*

MILLIONENHÜGEL.de & *TRAUERTAXI.de*

UUU-BLOG:

NEUROMAGNETISMUS.de

"Wenn aber das Publikum sich mit dem konkreten Universum identifizierte, dann hätte der Schriftsteller wahrlich über die menschliche Totalität zu schreiben. Nicht über den abstrakten Menschen aller Zeiten und für einen zeitlosen Leser, sondern über jeden Menschen seiner Epoche und für seine Zeitgenossen."

Jean-Paul Sartre, in: WAS IST LITERATUR? (1947/1958)

"Man wollte nämlich verhindern, daß die Menschen wieder auf einen alten vorgeburtlichen Begriff des Seins kommen, den alle Sekten und Religionen verborgen haben. Denn das Leben ist nicht diese destillierte Langeweile, in der man unsere Seele seit sieben Ewigkeiten kasteien läßt, es ist nicht dieser höllische Schraubstock, in dem das Bewußtsein verschimmelt, und das Musik, Poesie, Theater und Liebe braucht, um von Zeit zu Zeit, aber so wenig, daß es nicht die Mühe lohnt, davon zu sprechen, zum Ausbruch zu kommen. Der Mensch der Erde langweilt sich zu Tode und so zutiefst in sich selbst, daß er es nicht mehr weiß."

Antonin Artaud (1896 – 1948), in:
THEORIE DER MODERNEN LYRIK (Walter Höllerer, 1965)

"Doch das wird ein neuer Mensch sein – ein Individuum mit einem riesigen externen Nervensystem, das bis in das Unendliche hineinreicht. Dieses elektronische Nervensystem wird so verschaltet sein, daß alle Individuen, die daran angeschlossen sind, mehr oder weniger die gleichen Gedanken, die gleichen Gefühle und die gleichen Erfahrungen haben werden. Es wird vielleicht spezialisierte Typen geben, wie es auch in unserem Körper spezialisierte Zellen und Organe gibt, denn dahin geht die Tendenz – daß alle Individuen in einen einzigen bioelektronischen Körper verschmelzen."

Alan Watts (*6.1.1915 – †16.11.1973),
in: DIE ILLUSION DES ICH (1966)

Hast Du die Sanduhr auf
Sommerzeit umgestellt?
©FRIEDHOFSFAHRER.de

UUU 008: 12.3.2023
(LEGENDÄR & NEUROMAGNETISCH)

heute ist wiedermal so ein legendärer tag, an dem sich die stoßrichtung des eigenen lebens mithilfe willentlicher entscheidungen radikal ändert, aber darüber hinaus liegt das doppelt legendäre darin, daß diese ichhaften befehle an den eigenen prozess auf einer tieferen ebene **absolut identisch sind mit dem natürlichen fluss**, in dem der mensch auch ohne sein ich sowieso eingebettet ist. deshalb braucht diese magische ich-funktion eigentlich gar nichts beeinflussen zu wollen, sondern empfängt und bestätigt lediglich, was das leben mir anbietet, und erzeugt dadurch eine ausschüttung von glückshormonen! **den zustand des völlig identischseins eines operierenden egos und dem ontologischen prozess nenne ich schon seit vielen jahren neuromagnetisch**, um damit anzudeuten, daß es trotz fehlender wissenschaftlicher erklärbarkeit von zusammenhängen, die C.G. Jung schon vor hundert jahren als *"akausale synchronizitäten"* bezeichnete, eine nicht-esoterische tatsache ist, daß wir oft zufälle erleben, über die wir uns wundern, weil wir das seltsame gefühl haben, es *"kann doch kein"* zufall sein, daß alles mögliche genau dann zeitgleich passend zueinander wie füreinander bestimmte puzzleteile passiert, als ob ein dirigent sein orchester durch das stück leiten würde. auch ohne an einen gott zu glauben, der das schicksal lenkt, erzeugen diese neuromagnetischen zusammenhänge eine demut und einen respekt vor der scheinbaren unausweichlichkeit mancher geschehnisse, die weder gestern noch morgen passieren, sondern exakt heute, an dem tag, an dem alle fäden zusammenlaufen und das ergebnis abliefern, das man dann ECHTES LEBEN nennt, während man vorher in einer art warteschleife hing und das allernötigste erledigte, um auf das große ganze vorbereitet zu sein, wenn es plötzlich aus allen ritzen quillt, den ganzen organismus überrollt und das ich wirklich herausfordert, atmen, schwimmen und schweben zu lernen. **auf solch einen tag hatte ich seit dem letzten tagebucheintrag gewartet, um weiterschreiben zu können.** nein, eine schreibblockade hatte ich nicht, sowas kenne ich nicht, weil ich eigentlich nie willentlich schreibe, sondern immer nur, wenn es automatisch passiert. aber es muss eine menge passieren, was von existenziellem gewicht ist, um einen authentischen schreibdruck zu erzeugen und alle gedankenströme in ein einziges flussbett zu leiten. als ich heute morgen schon viel zu früh um 6 uhr aufwachte (der wecker war erst auf 9 gestellt) und mein geist schon direkt beim erwachen einen visionären gedanken produzierte, da wusste ich, daß ich mich nicht nochmal für ein nickerchen hinlegen kann, sondern loslegen muss. **dieses wachwerden mit einer erkenntnis, einer gewissheit, einer idee, vision oder intuition, ohne darüber bewusst nachgedacht zu haben (wer weiß, was man in träumen alles sortiert!), erzeugt eine art manischer motivation**, die zwar nicht zwanghaft ist, aber zumindest doch sehr aufdringlich nahelegt, den notwendigkeiten zu folgen, die das bewusstsein als sinnvollsten nächsten schritt erkannte. der erste gedanke bei mir lautete heute früh: hat sich schon jemand auf youtube den username *"digitalpakt"* gesichert? die neugierde siegte und das handy wurde eingeschaltet, während der kaffee kocht. nein, alle reden vom digitalpakt, sogar schon vom digitalpakt *"zwei punkt null"*, aber der username ist noch frei. innerhalb von nichtmal zwei stunden habe ich dann ganz gechillt beim ersten kaffee im bett den kanal gegründet und ein erstes video dafür als *"trailer für wiederkehrende besucher"* produziert mit den wahren kunstwerken auf der galopprennbahn; denn die ausstellung erwies sich wiedermal als enttäuschend, was die zeitgenössische junge sonntagskreativität betrifft: **die tendenz, nettes deko als hohe kunst zu vermarkten, ist eine gruselige entwicklung der letzten jahrzehnte. die künstlerische komplexität anstrengender werke wird von nichtssagenden designmustern verdrängt, die sich an den wänden von arztpraxen gut machen und so wirken, als wären sie technisch und inhaltlich experimentell, subversiv und provokant. aber sie sind auf schockierende weise rein gar nichts von all dem, sondern einfach nur harmlos hübsch anzuschauen.** echte kunst findet sich immer seltener oder zieht einfach weg, wie im falle von Tom A. Hawk, einem der wichtigsten düsseldorfer künstler, den aber heutzutage fast niemand mehr kennt. ich kann ihn so gut verstehen! auch A.J. Weigoni (egal, ob er noch lebt oder tatsächlich gestorben ist), der mir vor einigen jahren verriet, daß er seinen alterssitz in der natur anpeilt, hatte seine gründe, dem düsseldorfer literaturklüngel zu entfliehen. in der lyrik sieht es nicht anders aus als in der bildenden kunst, wie schon Clemens Schittko in seinem gedicht *"who is who"* richtig bemerkte: ***"Werbetexter heißen jetzt Lyriker"***. umso dankbarer und glücklicher bin ich heute, weil ich nicht nur den termin bei der rheinbahn hatte, um mich in der personalabteilung vorzustellen und grünes licht für den job als fahrgastbegleiter zu bekommen, sondern im anschluss daran nach benrath fuhr, um den antrag zum ABRUFEN VON VERGÜTUNGS-MITTELN abzugeben; denn: heute ist der zwölfte, was bedeutet, daß in exakt zwei monaten die lesung in der werstener bücherei stattfindet, und die fördergelder darf man erst zwei monate vor dem förderzweck abrufen. ich hatte also ein vorstellungs-gespräch, das zu hundert prozent positiv verlief, nachdem ich einen wichtigen user-name ergattern konnte und traf den politiker in der bezirksverwaltung sogar persönlich an, bei dem ich damals meinen förderantrag eingereicht hatte. zwei nette begegnungen mit wirklich wohlwollenden männern und ein erfolg im digitalen projekt-management, was für ein tag! und danach kam die sms meines providers, daß mein surfvolumen nun wieder bis zum zwanzigsten *"reduziert"* ist, sprich: tot. bingo! alles erledigt – und... offline!!! jetzt steht die gesundheit auf dem plan: nabelbruch, leistenbrüche, bronchitis (seit corona nicht weg) und kurz vorm hexenschuss, ohne mich verrenkt zu haben. es ist vier uhr nachmittags und ich habe mir ganz dekadent eine heisse wanne mit eukalyptusduft einlaufen lassen, beruhigend und schmerzlindernd, sowohl für den rücken als auch den bauch und die lunge, eine super doppeltunddrei-fachwirkung und beste voraussetzung, um mit gelockerter muskulatur literarisieren zu können! dann noch die nachricht der zukunftswerkstatt: schon morgen termin bei der kleiderkammer der rheinbahn, die sich inzwischen bekleidungsservice nennt. der begriff *"kleiderkammer"* wurde abgeschafft, war nicht mehr erwünscht, ich habe den grund dafür noch nicht herausgefunden, vielleicht erfahre ich darüber morgen mehr. ein lichtbild wird auch geschossen für den ausweis, den ich auf schicht immer sichtbar tragen muss. meine vorfreude ist groß, eine abenteuerlust und die aufregung, neue menschen zu treffen, neue kollegen, neue gespräche und natürlich vorallem: **menschen, denen ich helfen kann, ihre erledigungen leichter oder überhaupt zu bewältigen! was für ein segen, nicht mehr auf die pflegemafia angewiesen zu sein, sondern endlich wieder BEDARFSGERECHT zu betreuen bzw. zu begleiten. das individuum mit seinen bedürfnissen steht an oberster stelle, und zwar ganzheitlich und mit**

dem zeitaufwand, der eben nötig ist, um das gewünschte ziel zu erreichen. wenn pflege so organisiert wäre wie fahrgastbegleitung, wäre das wirklich eine pflegerevolution, nämlich personalschlüssel 1 zu 1, eine krasse utopie! wenn ich an die 1 zu 20 situation in den pflegeheimen denke, die ich kennenlernen durfte, erscheint mir das wie ein science fiction film: die halbe gesellschaft dement und die andere hilft. die minister spahn und lauterbach sitzen dementierend am selben tisch und schreien sich grundlos (in echt: aufgrund innerer filme) von morgens bis abends an. eine pflegerin füttert die wilden tiere, abwechselnd ein häppchen püriertes steak nach rechts und nach links. ich sitze gegenüber und sage mit hypnotischer stimme im sekundentakt *"lecker"*, *"sehr lecker"*, *"hm, das schmeckt guuuuuuut"*. lauterbach schluckt, spahn spuckt, die pflegerin flucht, später werden sie beide von parteifreunden besucht. auf diesen reim macht sich keiner einen reim. literatur ist weit mehr als nur neuronaler schleim.

Düsseldorfer Königsallee: BAUSTELLE DER EHEMALIGEN COMMERZBANK, 27.6.2024

UUU 009: 30.3.2023
(SOZIALER KARNEVAL)

Kein eigenes Thema zu haben, ist die beste Voraussetzung zum Tagebuchschreiben, wie "*ich*" es schon immer verstehe und sogar bereit bin, als Lyriktheorie zu vertreten; denn dann fließen automatisch nur jene Gedanken aus der verborgenen Schaltkreiszentrale, die durch das geschehene echte Leben generiert wurden, anstatt dieses absurden intellektualen Mülls (ist der Genitiv hier wirklich richtig, Mutter? Es klingt so gekünstelt verkrampft?), den uns die Zivilisationsdoktrin seit Jahrtausenden in den Schädel zu hämmern versucht. Aber erfolglos bei solchen abnormen Dickschädeln wie mir, da hilft auch kein Tiefseebohrer und auch kein minimal-invasiver Trick unter Narkose: **geistige Freiheit bleibt geistige Freiheit – seelischer Mehrwert bleibt seelischer Mehrwert!** Nach einer 3-tägigen Minischulung und den 2 Mitfahrten bei Kollegen, um zu erleben, wie unterschiedlich jeder aufgrund seines Naturells unsere Einzelkunden betreut bzw. begleitet, bin ich nun mitten in der 2.Woche angekommen und war bereits Dienstag und Mittwoch (Montag war wegen des Generalstreiks frei) alleine unterwegs, nicht als persönlicher Begleitservice für Auftragskunden, sondern als allgemeiner Fahrgastbegleiter auf der Ubahnlinie 76. Auf diese Weise war ich innerhalb von nur 2 Tagen 4 mal in Krefeld. Ich wusste übrigens gar nicht, daß die Ubahnen eigentlich "*Stadtbahnen*" heißen, wodurch sich ihre oberirdischen Streckenabschnitte auch legitimieren, denn **wenn wir zulassen, daß das Tageslicht auch schon als "*U*"-ntergrund gilt, dann stünde die Revolution kurz bevor!** Gott sei Dank, diese Erdoberfläche ist noch kein Untergrund, der Planet träumt noch von seiner Gerechtigkeit, Mutter Erde im Tiefschlaf der Gerechten und alle Gänseblümchen nicken freundlich, die Gartenzwerge winken vom Zaunpfahl und alle Nachbarn unterhalten sich über das verlorene Endspiel. Was? Beckett? Nein, leider nur Fußball. Samuel dreht sich im Grabe um und schläft nach einem tiefen atemlosen Zug in angenehmerer Stellung weiter. Das Endspiel ist tatsächlich verloren. Welches Endspiel? (Panikattacke) Hab' ich was verpasst? Wer hat gespielt? Ach, mein Kind, sei unbesorgt, es war nur der Wind, der Wind, das himmlische Rind. Die Herde steht auf der Weide. Die Gänseblümchen knicken unauffällig ein, um sich vor den Riesenmäulern zu schützen: wir sind nicht da, nein nein, wir sind nicht da! Die Natur: gefressen und zu Fressen werden oder so ähnlich. Ausgeschissen. **Der ganze geistige Müll von Generationen über Generationen, abermilliardenfach weitergegebener Gedankenmüll. Aus den Schulbüchern aufgesogen, mit der Peitsche verinnerlicht und den eigenen Kindern als Wiegenlied mitgegeben, damit sie es in der Schule gleich wiedererkennen: Oh, meine Lieblingsmelodie, jetzt kann ich beruhigt einschlafen und brauche nie wieder aufzuwachen. Sogar meinen eigenen Tod verpasse ich ganz nebenbei im Tiefschlaf, wie schön! Noch ein Peitschenhieb gefällig, mein Kind? Ja, das tut gut. Die Synapsen werden getrennt, noch bevor sie zusammenwachsen.** Das reimt sich nebenbei. Ich sag's ja: Lyrik geschieht automatisch, die Sprache kann gar nicht anders: nicken, knicken, Synapsen, wachsen. Da wächst kein Gras mehr drüber. Die Wunde bleibt offen. Es hagelt, ich erkenne es am Geräusch. Werde das Futter wieder in die Jacke einlegen. Gestern war mir in der Bahn zu warm und draußen kalt. Muss abwägen, an welchen Tagen was besser ist: bei Einzelaufträgen viel draußen

(Abholung von der Haustür), bei Linienbegleitung bis zu 40 Minuten am Stück drinnen. Wenn dann noch Überfüllung herrscht und zu wenige Fenster gekippt sind, krieg' ich 'ne Schweissattacke und das Deo reicht nicht bis zum Schichtende. Lieber etwas frieren als schwitzen! Zweiter Kaffee und dann noch ein Anekdötchen aus der Bahn... Hier ist es: Im Band 1 sprach ich ja vom Menschsein als *"letztes Kostüm im kosmischen Karneval"* (Eintrag *"UUU 004"* vom 18.2.2023). Nun weiß ich nicht, ob mich der frustrierte Handwerker (nach 26 Jahren auf Montage) beleidigen wollte, weil ich ihn freundlich, höflich, ja richtig nett darum bat, seine geöffnete Flasche Bier bitte verschwinden zu lassen, da Alkohol in der Rheinbahn verboten ist. Jedenfalls ahnte er ganz bestimmt nicht, daß sein zynisch gemeinter Kommentar beim Aussteigen für mich einem ungewollten Kompliment glich, da er meine spirituelle Haltung der Disidentifikation bestätigte: **"Interessant, was für witzige Figuren die Rheinbahn neuerdings einstellt. Vergiss nicht, die Klamotten wieder bei Deiters abzugeben!"** In dem Moment wunderte ich mich nur, ob er als Handwerker anscheinend wüsste, daß ich Berufskleidung von "DiNOVO" trage, vielleicht weil er dieselbe Marke bevorzugte? Es ging einfach zu schnell und ich war schon mit der nächsten Situation beschäftigt. Erst später wurde mir bewusst, daß er nicht DiNOVO sondern DEITERS meinte, das bekannte Kostümgeschäft für Karneval! Damit inspirierte er mich ironischerweise nachträglich zu dieser neunten Tagebuchnotiz, der zweiten für den Band 2. Ich musste allerdings bis heute früh auf den Anfang warten, **mir kam keine erste Zeile, keine Initialzündung für einen guten Beginn, wie man ihn auch für einen Roman erwarten würde. Der erste Satz muss bereits sitzen, ansonsten wird da nix draus.** Und so war es dann auch: als ich vorhin kaltes Wasser in den Wasserkocher füllte und dabei dem rauschenden Strahl meiner brandneuen Einhebel-Küchenarmatur wie in Zeitlupe folgte, tauchte wie aus dem Nichts dieser grandiose Satz auf: **"Kein eigenes Thema zu haben, ist die beste Voraussetzung zum Tagebuchschreiben."** Wenn nicht diese Kostüm-Anekdote zu erzählen wäre (ein EIGENES Thema!), hätte mir dieser Satz schon genügt. Dieser Satz impliziert ja eine komplette literarische Haltung, eine theoretische und technische Anleitung zum automatischen Schreiben. Und die Psychologie der Ichlosigkeit gleich dazu! So glücklich mit 1 einzigen Satz kann nur ein Schriftsteller sein! Und im Grunde ist es ja beinahe dasselbe, Klamotten von Deiters oder Dinovo zu tragen: eine zweite Haut über die menschliche Authentizität gestülpt, aber einmal ohne und einmal mit Verantwortung. Und damit komme ich auch schon zum Schluss, denn das Stichwort *"Verantwortung"* erinnert mich an eine Äußerung gegenüber dem allerersten Kollegen, bei dem ich zum Kennenlernen mitfuhr, als er mich fragte, wie ich den Job fände. Ich antwortete wie aus der Pistole geschossen: **Ich bin stolz darauf, ein Begleiter sein zu dürfen, denn es zeugt vom VERTRAUEN der beiden kooperierenden Arbeitgeber, mir diese Tätigkeit zu erlauben, die eben kein digitaler Sesselfurzerjob im Büro ist, wo man nur Exceltabellen mit Daten speist und den möglichen Schaden am Kunden bei falschen Zahlen nicht merkt, sondern hier geht es direkt ohne Umschweife um den realen analogen Mensch in meiner Nähe, genauso verantwortlich wie als Betreuer im Pflegeheim!** Und ich habe NICHT vor, trotz der Maskerade der *"strengen"* Uniform, meine gute Laune, mein Lächeln, meinen Humor und meine normale Nettigkeit zu UNTERDRÜCKEN; denn mit einer positiven, offenherzigen Ausstrahlung gewinne ich auch das Vertrauen der Kunden, die noch Menschen sind. Bei Zombies werde ich selbstverständlich den strengen Blick üben, wenn ich kein Gegengift zum soziologischen Virus ihrer Zivilisationshypnose finde... Und nun ab zur Schicht auf die regennasse Straße! / 17:10 Uhr: hinter mir liegt nun eine interessante, wechselhaft sonnige und Kurzschauer-Schicht auf der U79 bis hinter Duisburg Hbf (Meiderich) und zurück zum Botanischen Garten (Uni Ost). Mehrere Fahrgäste bedankten sich für meine nette Hilfsbereitschaft. Ein netter Kollege von der DVG (Duisburger Verkehrsgesellschaft) an der Endhaltestelle meinte doch glatt, ich sei ein "sozialer Typ", das erkenne er sofort. Auch die kurzen Begegnungen mit weiteren Düsseldorfer Rheinbahn-Fahrer:innen waren wieder erfrischend nett. Es tut gut, endlich mal kollegiales Klima zu erleben anstatt profilneurotischen Pflegestress. Es nimmt mir den traumatischen Druck, der im Nacken sitzt, wirkt wie seelische Wellness gegen die gruseligen Erfahrungen bei den "wohltätigen" religiösen Trägern und den von renditegeilen Immobilienhaien gekaperten Seniorenresidenzen. **Hoffentlich bleibt dieses solidarische Klima so wohlwollend und wertschätzend und erweist sich nicht als verlogener Fake, der mir irgendwann wieder die Hölle auf Erden bereitet. Aber mein Gefühl sagt mir, daß ich es hier endlich mit wirklich tollen Menschen zu tun habe.** Jede:r hat eine prägende Vorgeschichte und scheint ebenso froh zu sein wie ich, daß man akzeptiert wird, wie "mensch:in" [gehypertransgendertes man/frau] eben ist. Hier herrscht keine Rivalität, jeder erledigt seine Aufträge mit seiner persönlichen Note, dem eigenen Stil und nach bestem Gewissen und Wissen. Der Fahrgast ist König, könnte man sagen. Oder auch: die Fahrgästin ist König:in, für die Zwangssprachneurotiker unter uns. Und immer schön das "i" mit einer Mikropause absetzen und dann politisch korrekt hervorstoßen. Wenn schon keine Respekt:in vor unseren Frauen "herr"-scht, dann zumindest mit gestoßenem Symbol-i, bitte!

Düsseldorfer Königsallee: BAUSTELLE DER EHEMALIGEN COMMERZBANK, 23.6.2024

UUU 010: 20.4.2023
(SPONTANBEGEGNUNGEN)

Heute vor genau einem Monat begann alles mit der 3-tägigen Schulung, einem Crashkurs über die Geschichte der Rheinbahn und der Zukunftswerkstatt (ZWD). Seitdem habe ich viel erlebt, viel gesehen, viele Menschen getroffen, viele Gespräche geführt, viele Meinungen von Mitmenschen über Mitmenschen gehört, viele Gesichter, viele Geschichten, spontane Blicke, große Babyaugen in Kinderwägen, die neben Rollatoren und Postbotenvehikeln ganz vorne ganz knapp nebeneinander passen. Und gestern morgen dann erstmals eine bildhübsche junge Mutter mit ihrem Götterbaby nach einer Woche Abstand wiedergesehen, aber nicht sofort wiedererkannt, als ich auf dem Weg zur Hospitation im Südfriedhof war, Straßenbahn 709 (siehe Video), ich noch gar nicht bei Sinnen, im Kopf drehen sich tausend Karusselle, die neuronalen Autobahnen willkürlich kreuz und quer miteinander verdrahtet, verschaltet, verbunden, verstopft, übereinander gelagerte Datenströme, ein Aufleuchten von Informationen, Explosionen, Fusionen... nach außen wirke ich seelenruhig felsenfest in mir angekommen, gelangweilt, desinteressiert, übermüdet, mit freundlichem Blick in der letzten freien Ecke der überfüllten Bahn neben der Mutter, die mich schon beim Betreten der Bahn anstarrte, als ob ich ein Monster, Engel, Außerirdischer, Retter, Helfer, Pädophiler, Perverser, Räuber, Schwindler, Hochstapler, großer Bruder sei, ein Ersatzvater, Traummann, Affäre, Liebhaber, Frauenflüsterer, Gauner, Heuchler, netter Nachbar, Begleiter, Betreuer, bester Freund, Spontanliebe, Trickbetrüger, Vampir, Roboter, Psycho, Obdachloser, Massenmörder, Serienmörder, Berufskiller, Diktator, Nerd, Genie, Geheimagent, Detektiv, Kontrolleur, Security, Rheinbahn-Mitarbeiter im unerwarteten Freizeitlook, Liveliterat, Dichterfürst inkognito, Berühmtheit in Zivil oder öffentliche Person oder Persönlichkeit im Kostüm des Verpeilten, Harmlosen, Nutzlosen, getarnt als Idiot mit somatoformen Schweißausbrüchen, psychosomatischer Zittrigkeit und Verlegenheit – dann dieser Blick des perfekten kleinen Wurms auf dem Arm dieser rothaarigen Schönheit, seine riesigen kristallinblau strahlenden Augen, die mich in aller Seelenruhe hypnotisch beobachten: **das ganze Universum in zeitlos geduldigen Pupillen, die nicht fragen und nicht werten, nichts suchen und nichts wollen, die nur schauen und beobachten, sich nicht einmal wundern über das Wunder, sondern nur reinste Wahrnehmung der wahrnehmbaren Welt um sich herum aufsaugen**, während ich neben den beiden im morgendlichen Taumelmodus stehe und mich beim Zurückschauen in diese kosmischen Augen plötzlich erinnere, daß ich den beiden vor einer Weile auf Schicht begegnet war und bereits damals diese selbstverständliche liebevolle Symbiose zwischen Traumfrau und Götterbaby spürte, die keine Angst vor dem großen Mann in dieser Uniform hatten. Das spontane Gespräch entstand so natürlich nebenbei, als ob es selbstverständlich sei, daß sich eine fremde Mutter mit einem Uniformierten unterhält, als wären es alte Bekannte, Seelenverwandte, die einen Ausflug zusammen machen und dabei über die erstaunlichsten Dinge plaudern, die man womöglich weder dem Ehemann noch der besten Freundin erzählen würde. **Diese Magie in den Zufallsgesprächen von Spontanbegegnungen offenbart eine urmenschliche Ebene von Vertrautheit über galaktische Entfernungen hinweg, eine Ahnung der quantenmechanischen**

Telepathie zwischen allen Atomen im Universum, aus deren Wellenfrequenzen wir anteilmäßig bestehen! Inmitten der dumpfen, durchdigitalisierten Alltagswelt anonymer Avatare passiert das Unglaubliche: MENSCHEN SPRECHEN MITEINANDER wie Freunde, unterhalten sich wie alte Bekannte und geben sich das Gefühl, das die meisten im tiefsten Inneren ihrer traumatisierten Seele vermissen: daß wir eine einzigartige große Familie sind, die ihren Heimatplanet eigentlich unendlich liebt und vor Wut und Verzweiflung über unsere selbstzerstörerische Dummheit kaum mehr glaubt, daß es Hoffnung auf Heilung gibt geschweige denn ein normales Gespräch zwischen Familienmitgliedern, die in unterschiedlichen Systemen aufgewachsen sind. Wir vermissen das Wohlwollen und die bedingungslose Solidarität, weil wir tagtäglich von all zu gruseligen Arschlöchern abgezockt werden, die noch nicht zum banalen kosmischen Bewusstsein erwacht sind. Und wenn sich dann zwei Fremde automatisch miteinander unterhalten wie alte Freunde oder Geschwister, sind wir nachträglich irritiert oder sogar geschockt, weil wir befürchten, dem Anderen etwas Privates, Persönliches oder gar Intimes verraten zu haben, das er gegen uns verwenden könnte. Ich weiß nicht, was diese Mutter über mich dachte, als sie mich unerwarteterweise frühmorgens in der Bahn erblickte, aber es tut mir von Herzen leid, daß mein Gedächtnis sie nicht automatisch erkannte und so selbstverständlich mit einem freundlichen Lächeln begrüßte, wie es für mich eigentlich üblich ist, aber in dem Moment zwang ich mich, die Distanz zu wahren, um ihr nicht grundlos zu nahe zu treten, und schaute wieder weg, als ob ich es nicht bemerkt hätte. Wer weiß, wie viele Menschen tagtäglich ihr Pokerface aufsetzen, nicht weil sie tatsächlich so dumpf und dicht sind, sondern aus purer Scheu, den anderen nicht überfordern zu wollen durch unnötige Kommunikation, die vielleicht angsteinflößend wirken kann, weil so viele Gespenster in uns schlummern, die wir dem anderen nicht zumuten möchten. Aber durch die Zurückhaltung der unterdrückten Spontaneität empfinden wir unseren gemeinsamen Alltag im öffentlichen Verkehr als verlorene Lebenszeit, die möglichst schnell überstanden werden soll; denn diese andächtige Blutleere im kommunikationslosen Nebeneinander macht uns insgeheim traurig und sehnsüchtig nach einer besseren Welt! Von dieser unerträglichen Einsamkeit haben sich viele ältere Menschen befreit, indem sie zu gnadenlosen Plaudertaschen mutieren, die froh sind, wenn wenigstens der Betreuer ein Ohr für ihre tausendfach wiederholten Lebensgeschichten hat. Und da mir mein Gedächtnis gesundheitsbedingt gerne Streiche spielt, dürfen sie mir jeden Quatsch immer wieder erzählen, als wüsste ich es noch nicht. Und wenn ich mich doch schon an das Anekdötchen erinnere, lache ich gerne ein zweites Mal oder bin wieder zutiefst erschüttert und berührt. Menscheln kennt keine Grenzen und bedarf keiner Sensationen. In jeder wiederholten Geschichte versteckt sich eine neue Erkenntnis, ein unbekanntes Detail, das der Vervollständigung des unendlichen Mosaiks dienlich sein kann. Das ganze Universum gleicht einem permanent Drum 'n' Bass geschüttelten Kaleidoskop aus gelebtem Leben!

<u>UUU 011: 23.5.2023</u>
(VON DER WAHRSCHEINLICHKEIT, LÖCHER ZU STOPFEN)

Die Zeit als Fahrgastbegleiter ist schon wieder fast um, wie krass! Es gäbe so viel zu erzählen, was im letzten Monat alles passiert ist, aber es ging alles zu schnell und ich fand keine Zeit, um entspannt einfach rumzusitzen und abzuwarten, bis sich etwas von selber schreibt wie jetzt. Mancher Anfangssatz schoss mir zwischendurch durch den Kopf, bei dem ich sofort dachte, oh yeah, das ist es, wow, so kann ich beginnen! Aber dann war wieder Stress und die Tage verstrichen im Nu! Schon verrückt, wie überraschend sich dann plötzlich wie jetzt dieser Schreibmodus im Hirn einstellt und die Wörter von selber dahinrattern, als ob es schon immer vom Leben beabsichtigt gewesen sei, auf genau diesen einen Moment hinzusteuern und dann zuzuschlagen. Allerdings sollte man dann nicht von einem Tagebuch sprechen, sondern schon eher von einem Monatsbuch, aber die Gattung gibt es noch nicht. Ein *"Stundenbuch"* gab es mal, meine ich: war das nicht der Titel eines Gedichtbandes? Etwa von Rilke? Ich bin mir nicht sicher... oder von der Bachmann? Oder gar Hesse? Egal, ich schreibe jetzt offiziell an meinem nächsten Eintrag ins Monatsbuch, basta! Die Mikrowelle klingelt, ich muss die Tortellinis umrühren, Augenblick, bin gleich zurück . [...] Sind fast fertig, geriebenen Emmentaler noch drunter gerührt, die Blutwurst (heute 30% günstiger!) oben drauf, und nochmal 2 Minuten, das wird ein Festessen! Erfinderisch muss man sein, wenn man kein Geld hat. Aber das ändert sich ja demnächst; denn die neueste Neuigkeit (abgesehen vom ersten Bahnfahrer, der mich heute total aggressiv angeschnauzt hat, aber das ist eine andere Anekdote, und alle anderen Kolleg:innen waren bis jetzt unglaublich nett und dankbar für unsere Unterstützung!), also die Neuigkeit ist, daß ich gestern mit meinem Chef auf dem Nordfriedhof war, um meinen zukünftigen Arbeitsplatz ab Juli (oder etwas früher, je nach Verlauf der übermorgigen OP wegen Nabelbruch/ Leistenbruch) zu inspizieren: ok, es ist machbar, denke ich, jedenfalls will ich es versuchen. **Der Arbeitsplatz ist genauso ungewöhnlich wie die Tätigkeit und ich bin ja ziemlich anspruchslos. Hauptsache kein feuchtkaltes Pförtnerhäuschen wie auf dem Stoffeler Friedhof, wo ich nach nur 1 Stunde schon Rückenschmerzen und Erkältungserscheinungen hatte, als ich den Fahrer für 3 Tage vertreten durfte. Also ich werde die zweite Festanstellung meines Lebens (nach dem Jahr als Betreuer im Gerresheimer Zschokke-Haus) unterschreiben und diesmal kein Nachmittagsteilzeitjob, sondern die volle Dröhnung, was gar nicht anders geht, da Beerdigungen um 9 Uhr früh losgehen. Aus einem Fahrgastbetreuer wird also ein Friedhofsfahrer! Und ich freue mich riesig drauf!** Die Vertretungstage (auch auf dem Südfriedhof, was meine Follower auf Instagram bereits wissen) waren eine super Vorübung, um zu sehen, ob mein Rücken und andere Schmerzsymptome (auch chronifizierte seit der *"somatoformen Störung"* vor über 1 Jahrzehnt) das mitmachen oder ob der Körper nach einigen Tagen zusammenbricht. Manche Wissenschaftler behaupten ja, daß sich Menschen tatsächlich im Biorhythmus unterscheiden, das kommt dann noch zu den realen Beschwerden hinzu, aber es macht anscheinend doch einen Unterschied, ob man einen psychisch und körperlich belastenden Job macht, verspannt ist vom Frust und sich zur Arbeit regelrecht hinquält. Oder ob man tiefenentspannt unter Bäumen steht, dem morgendlichen Vogelgezwitscher lauscht und abrufbereit in sich ruhend auf Fahrgäste wartet, während der Kaffee durchläuft. **Ohne dieses seltsame Ich mit dem Kontrollzwang und der Identifizierungsneurose wird der Organismus viel offener, experimentierfreudiger, neugieriger, gutgelaunter, ja GRUNDLOS GUTGELAUNT, und traut sich viel mehr zu als das Ich jemals probiert hätte mit seiner Fixiertheit auf "*persönlichen*" Geschmack und Vorlieben. Das ist schon echt geil an der Ichlosigkeit, wenn niemand mehr in dieser Erscheinung des Universums wohnt, der das Ganze willentlich lenken, beeinflussen und zu seinen Gunsten verändern will. Alles fällt leichter, bereitet sich selber Freude aufgrund der Sache selbst anstatt eines zusätzlichen Sinns, der dem Ganzen erst übergestülpt wird, um es zu akzeptieren. Dieser ganze spirituelle Schwachsinn aus Selbstakzeptanz und Zusichselbstfindung, Aktivierung von sogenannten "*erweiterten*" Bewusstseinspotenzialen: totale Egoscheisse! Esoterische Hirnwichse, um das Ich aufzublähen.** Diese fürchterlich dummen (oder strategisch suggestiven!) YouTube-Kanäle, mit deren Produkten (aus den Bereichen NLP, Meditation, Drogen und Wellness) Dein Ich ausgebessert, verbessert, erleuchtet, erweitert oder sogar "*eins mit dem Universum*" gemacht werden soll! WTF! Wer diesen Bullshit durchschaut, weil sich sein eingebildetes Ichzentrum in Wohlgefallen aufgelöst hat, der wird automatisch immun gegen die esoterischen Angebote, da niemand mehr da ist, der mit irgendwas "*einswerden*" müsste. **Niemand mehr, der sich akzeptieren oder in mehr Geduld üben muss! Es bleibt nur der fühlende, denkende, wahrnehmende Sinneskörper, der um sich weiß.** Das ist ein spannendes Scheinparadoxon; denn Du wirst von einem Ichlosen den Spruch hören "*ICH habe kein Ich mehr*", was so ähnlich klingt wie die Guru-Bekenntnisse "*Seitdem es mich nicht mehr gibt, bin ICH befreit, erwacht, erleuchtet, eins mit Gott, der Leere, Stille, dem Nichts*" oder was auch immer. Der feine Unterschied besteht lediglich in einer sprachlichen Nuance, die leider oftmals aus der egozentrischen Eigentümlichkeit der Wörter und Satzbautechnik heraus kaum umsetzbar scheint und daher auch Ichlose das völlig absurde Wörtchen "*Ich*" verwenden, obwohl sie niemanden meinen, sondern nur all das, was die Wahrnehmung wahrnimmt. **Ein Ichloser hat eben kein Ich, das sich selber losgelassen hätte oder "*eins*" mit dem vermeintlichen Nichts sei. Auch das Nichts ist nur ein übles metaphysisches Gedankenkonstrukt des total dissoziierten Egos** (Stichwort "*Dualismus*" und "*Urschizophrenie*"), das seiner eigenen Blamage entkommen will, indem es sogenannte "*mystische*" Geheimnisse erfindet, wegen derer alle Teilnehmer von Talks, Satsangs, Retreats, Workshops und Seminaren nachdenklich, ernst, andächtig und zwanghaft leise und voller Hingabe sind. Und natürlich den Guru verehren und ihn nicht respektlos behandeln wollen. Ich habe selber vor vielen Jahren in Berlin einen relativ bekannten buddhistischen Lehrer erlebt, der kein Ich hatte. Die Meditationsgruppe bestand zu 99% aus alternden Hippiefrauen und Hausfrauen in der Midlifecris, die endlich Zeit hatten, sich existenziellen Fragen zu stellen. **Der Guru spielte seine Rolle hervorragend, war ein makelloses Beispiel für Sanftmut, Entschleunigung und Freiheit von Anhaftungen. Aber das Entscheidende wurde den Teilnehmern verschwiegen: daß sie völlig umsonst dort saßen, überflüssigerweise etwas suchten, da ihr suchendes Ich eine psychische Fata Morgana ist!** Nach der Meditation stand ich mit einem Freund auf der Straße in einer Haustürnische, weil es zu regnen begonnen hatte, als unerwarteterweise der Lehrer vorbeieilen wollte. Als er uns bemerkte, lachten wir uns alle drei schlapp vor Freude über das unverhoffte Wiedersehen und dadurch offenbarte sich seine wahre (Buddha-) Natur! Wenn er doch in dem Seminar lieber eine Stunde lang derart gelacht hätte, ich schwöre, die Hälfte der Leute hätte sich verarscht gefühlt und die Gebühr zurückverlangt, aber die andere Hälfte hätte ihr Ich verloren und mitgelacht! Aber nein: es wird ein Prozess suggeriert, den *"jemand"* durchlaufen müsse, um von *"sich selbst"* befreit zu werden. Muss denn nicht solch ein paradoxer Quatsch irgendwann auffliegen? **Merkt denn ein Sucher nicht, wie absurd und grotesk diese Suche auf seinem Selbstfake basiert! Anscheinend nicht; denn es gibt ja diese Spiriszene tatsächlich, die zu Erleuchtungskongressen läuft, was ja schon an sich von der Bezeichnung her an das Hurz erinnert oder Kalauer von Loriot und Monty Python.** Für heute genug geschrieben, bin platt und benötige die Waagrechte. Vielleicht ein cooler Actionfilm, um auf andere Gedanken zu kommen. Mir sind meine eigenen Gedanken manchmal zu viel, weil sie eine niemals endende labyrinthische Kettenreaktion aus den abwegigsten Assoziationen darstellen. Aber am anstrengendsten ist eigentlich gar nicht ihr Inhalt, sondern die Mühe, sie wohlgeordnet aufs Papier zu bringen. Das strengt wirklich an, das ist mentaler und muskulärer Hochleistungssport. Denn die Finger sind oftmals danach ganz schön verkrampft und tun weh, als hätten sie Gicht... Aber im Krankenhaus habe ich 2 Tage Zeit nach der OP, um einige Löcher an die Decke zu starren. Mal sehen, ob sich das ein oder andere Loch mit geeigneten guten Gedanken stopfen lässt, dann hörst Du wieder von mir! Von wem? Keine Ahnung, aber Tom *"der Dichter"* kann schreiben, hat lang genug geübt, also passiert es auch manchmal. Die Wahrscheinlichkeit besteht jedenfalls...

<u>UUU 012: 7.6.2023</u>
(MOTIVATIONSMÜLL)

Hätte nie für möglich gehalten, daß ich mal genötigt werde, *"unsichtbares Theater"* in Form eines derart bescheuert HARTEN Verhandlungsgespräches zu spielen, in dem die psychologische Taktik (den Anderen das Gesicht nicht verlieren zu lassen, obwohl seine Widersprüchlichkeit in der Argumentation auf der Hand liegt) entscheidender ist als die Sache selbst, für die es sich eigentlich gar nicht zu kämpfen lohnt: **Total unterbezahlt (nämlich weniger als der Pflege-/Betreuungsmindestlohn!) und vom Respekt her ganz unten, noch systemirrelevanter als andere soziale Berufe: Fahrer des neu angeschafften Nordfriedhofmobils, daß der Herr Oberbürgermeister Keller angeblich so schnell wie möglich besetzt wissen möchte, am liebsten ab Mitte des laufenden Monats, auch wenn der Kandidat dafür finanziell bluten muss! Denn: wenn ich bereits für Mitte Juni unterzeichnen würde, müsste ich den Juli mit HALBEM Gehalt (das sind ungefähr 300€ weniger als Bürgergeld!) bewältigen, was schlichtweg komplett unrealistisch ist.** Außerdem müsste ich dadurch auf 5 (unbezahlte) Urlaubstage verzichten, auf die ich nach 3 vollen Monaten in der Maßnahme noch Anspruch habe und das Abfeiern von Überstunden, wie sie in dieser Woche mal wieder anfallen, weil ich als Urlaubsvertretung der Fahrerin auf dem Südfriedhof aushelfe anstatt mir die vom Krankenhaus empfohlene 2.Woche Arbeitsunfähigkeit (wegen der Unbelastbarkeit durch die Leistenbruch-/Nabelbruch-OP) zu gönnen: 3 Überstunden pro Tag (die Schicht geht von 9-17 Uhr, aber als Fahrgastbegleiter nur von 12-17), macht 12 Stunden (morgen Feiertag!), das sind über 2 Tage. **Und das allerkrasseste, deprimierendste und repektloseste ist: ganz egal, wann der 5-Jahresvertrag beginnt, es entsteht von jedem Monatstag an das exakt selbe Problem wie bei der CBT/CARITAS vor bald 3 Jahren: mein jetziger Arbeitgeber ZWD weigert sich ebenfalls, das allererste Monatsgehalt außerordentlich zu Beginn des Folgemonats zu zahlen, um die allgemein bekannte Finanzierungslücke zu vermeiden, so daß ich schon wieder gezwungen bin, aufgrund der sogenannten *"Überbezahlung"* im Juni oder Juli, halb oder ganz, das ALG2 des letzten erwerbslosen (halben) Monats nachträglich in ein Überbrückungsdarlehen umzuwandeln und dem Jobcenter in Raten zurückzuzahlen. So kann der Gesetzgeber die Motivation eines Langzeitarbeitslosen in die Tonne hauen!** Der Keller dieses Staates ist überfüllt mit derlei Motivationsmüll aus allen möglichen Branchen, die immer wieder für bessere Tarife streiken, eine hochexplosiv gährende Giftbrühe, die den Politikern eines Tages als Streubombe auf die Köpfe regnen wird. Aber das ist ein anderes Märchen, denn es wird NIEMALS Gerechtigkeit, Menschlichkeit und Geschwisterlichkeit siegen, sondern der abgrundtief miese Charakter der *"oberen Zehntausend"* immer nur Reiche reicher, Abhängige abhängiger und Kriminelle krimineller machen. **Mir war es heute nur wichtig, ein wenig Klarheit über die anstehende nahe Zukunft zu erhalten; denn prinzipiell freue ich mich auf die angebotene Stelle, OBWOHL das Gehalt und die Konditionen so unterirdisch wie die von mir angefahrenen Gräber sind. Im Gegensatz zur Betreuung im Pflegeheim herrscht auf dem Friedhof Entschleunigung, Stille und Empathie gegenüber den traurigen Fahrgästen, was im Betreuungsalltag gar nicht erwünscht ist, obwohl der Beruf sich durch diese Kompetenzen definiert. Dort heißt es stattdessen, ach kannste mal bitte, ach, haste ne**

Sekunde, oh tu doch bitte nur mal schnell... NEIN NEIN NEIN – ein Wörtchen, das kaum eine Betreuungskraft über die Lippen bekommt. Es herrscht diese gedeckelte Feigheit, das Duckmäusern und Falschdokumentieren – aus Angst vor dem Verschlechtern des Arbeitsklimas, dem Mobbing und dem Verlust des Jobs wegen Befehlsverweigerung. Was für ein Quatsch! Ein Betreuer lernt in der Ausbildung die Gesetzesparagraphen für seine Tätigkeitsfelder, sogar einen Paragraph, der explizit darauf eingeht, daß einem kein Nachteil daraus entstehen darf, wenn man KORREKT arbeitet. Das steht schon im Gesetzesbuch, weil bekannt ist, wie viel Druck in den Pflegeheimen vonseiten der Leitung gemacht wird und jenen Pflegepersonal:innen, die meinen, sie könnten Betreuungskräfte wie Sklaven behandeln, obwohl sie gar keine Vorgesetzten sind. Der Betreuer im Heim ist normalerweise dem Chef des *"sozialen Dienstes"* unterstellt, während die Pflegeleitung ihr eigenes Süppchen kocht. **Allerdings sollten Betreuer auch irgendwie bei der Übergabe im Pflegebüro mit dabei sein, es gibt daher zwei Teamsitzungen: im Betreuungsbüro und im Pflegebüro, aber nur die Betreuer bitten darum, bei den Pflegern mithören zu dürfen, was den aktuellen Zustand der Bewohner betrifft, während viel seltener eine Pflegekraft darauf besteht, an der Teamsitzung der Betreuer teilnehmen zu dürfen. Denn dazu fehlt DENEN die Zeit, heißt die Ausrede, während WIR ja nur Kaffeeklatsch mit den Bewohnern machen und alles Schöne, wozu der Pfleger keine Zeit mehr hat. Dadurch entsteht all das böse Blut und begünstigt Gerüchteküchen, Neid und als letzten Ausweg Krankmeldungen anstatt Informationsaustausch, Teamsolidarität und das gemeinsame Anstreben des Wohls der Bewohner.** Jetzt bin ich ziemlich weit abgedriftet und erzähle womöglich traumatische alte Kamellen, während sich im realen Arbeitsalltag schon längst alles geändert hat und alle happy sind, weil das Wetter so schön ist und die Kollegen so nett. Schöne nette Welt, sag ich nur. SCHÖNE NETTE WELT. **Ich kann ja froh sein, daß ich sowohl als Fahrgastbegleiter als auch als Friedhofsfahrer mit dem *"individuell bedarfsgerechten"* Personalschlüssel 1:1 statt 1:20 arbeiten kann: nicht mehr im Heim, wo nur 3 Betreuer für 60 Bewohner zuständig sind, wobei sogar nur 2 pro Schicht real da sind, weil der Personalschlüssel eben nicht pro Schicht, sondern pro Tag gilt, was für eine peinliche pseudosoziale Blamage!** Wie bitte sollen denn 2 Betreuungskräfte auf 3 Etagen gleichzeitig anwesend sein? Und dann auch noch gleichzeitig Gruppenangebote, Einzelbetreuung (natürlich für mehrere Bewohner pro Tag, damit jeder 1x pro Woche in der Doku abgehakt werden kann!) und Krisenmanagement bei ständig normalen Ausnahme-Situationen unter Dementen in allen Verhaltensphasen... Worüber rede ich hier eigentlich? **Man will mich als Fahrer für das Friedhofsmobil einsetzen, aber hat nichtmal das verwaltungstechnische Potenzial (oder den Willen?), um finanzielle Probleme zu umschiffen. Sozial ist nur so lange sozial, wie der eigene Arbeitsplatz sicher ist. Aber jeder weiß, daß eine Firma zur Vermittlung von Langzeitarbeitslosen (bei über 5 addierten Jahren: *"Teilhabe & Chance"* 16i) nur selber 1 einzigen Arbeitgeber hat, nämlich die Arbeitslosen selbst, ohne die der Verein überflüssig wäre. Und einen HOCHMOTIVIERTEN wie mich sollte man nicht so vergraulen, als sei man zu dumm zu durchschauen, daß man für dumm gehalten und dumm verkauft wird.** Das Universum schlägt zurück! Und zwar ohne eine einzige Vorwarnung, nachdem es zunächst einige Abermilliarden Jahre dunkel, kalt und sprachlos war, ziemlich harmlos wirkend, zwar irgendwie Respekt einflößend durch seine undefinierbare Größe, aber doch auch zu dumm, um die Ausnutzung des naiv wirkenden Wohlwollens zu durchschauen. Aber mein Wohlwollen kann jederzeit ins monströse Gegenteil abdriften, ein respektloser Spruch oder ein egoistischer Versuch, meine Hilfsbereitschaft zu mißbrauchen – und ich bin weg! **Einen Ausweg gibt es immer, eine Falle hat immer einen doppelten Boden und ein Gefängnis lässt sich auch in der grenzenlosen Wüste errichten, denn die Gitterstäbe sind im Kopf und nicht im Sand!**

<u>UUU 013: 1.7.2023</u>
(PRO FORMA FÖRDERUNG)

Mein neuer Job als Friedhofsfahrer wird dank der Förderung durch die Jobcenter-Maßnahme 16i *"Teilhabe und Chance"* pro forma mit Mindestlohn bezahlt, der aber in echt sogar noch weniger ist, da ich gezwungen bin, das ALG2 (genannt *"Bürgergeld"*, seitdem es um 50€ höher ist als das frühere Hartz4) von diesem ersten Jobmonat pro forma als **Überbrückungsdarlehen der virtuellen Finanzierungslücke zurückzuzahlen, da der Arbeitgeber das erste Gehalt nicht ausnahmsweise zu Beginn des zweiten Monats zahlt, um die Überzahlung zu vermeiden,** sondern ich quasi pro forma 2 Gehälter in 1 Monat erhalte: zum einen das Arbeitslosengeld (überwiesen pro forma am Ende des Vormonats) und andererseits der Lohn für den laufenden Monat (pro forma zum Ende des Monats für diesen jeweiligen Monat überwiesen), der aber für den KOMMENDEN Monat benötigt wird. Und genau an diesem Punkt wird jedem arbeitswilligen Bürger klar, daß er vom System zwar betrogen wurde, aber bitteschön ganz kleinlaut zu schlucken hat, weil er froh sein kann, nur pro forma das allerletzte ALG2 zurückzahlen zu müssen anstatt ALLES, da seine Faulenzerei ja vom Steuerzahler pro forma geduldet wurde.

© FOTOMIE.de 2023

UUU 014: 6.8.2023
(PROFORMAPARTYS & PROFORMAKULTUR)

Nachdem mein bisheriges Leben fast 4 Jahrzehnte lang auf der kreativen Überholspur passierte, scheint es nun auf der *"Raststätte zum ewigen Jetzt"* angekommen zu sein. Aber ein anderes Bild passt wohl weit besser zu der gelebten *"Übermotivation"* der früheren Künstler-Identität: in einem unsichtbaren Rolls-Royce schlich der Werkprozess auf dem Randstreifen gemütlich dahin, während Ferraris und Porsches mit narzißtischen Draufgängern vorbei bretterten, die dann an jeder Tankstelle unbemerkt wieder im Schneckentempo überholt wurden. **So kam dieser Künstler irgendwie immer als Erster an ein ungeplantes Ziel, aber verließ die groteske Proformaparty schon wieder, als all die halbstarken Celebrities ankamen, um ihre Profilneurosen aneinander zu reiben. So blieb mein Besuch oder die Teilnahme an legendären Events zunächst unbemerkt, wurde dann nachträglich von manch einem Wichtigtuer verblüfft registriert, wenn ein Termin in der Vita auftauchte.** Und manchmal fuhr die Limousine einfach an der *"Villa zum Star-Fake"* vorbei, weil mir Eingeweihte (meist ahnungslos über meine wahre Identität) zugegeben hatten, wie ekelhaft abgekapert das ganze Spiel angedacht war, um Aufmerksamkeit, Interesse und Erfolg zu generieren, der nicht mit dem gebotenen Inhalt zu tun hatte, sondern ausschließlich mit der anbiedernden Fähigkeit, sich als Spielfigur auf dem verbrannten Brett anzubieten. Die wenigsten Szene-Insider wollen wahrhaben, daß längst keine Blumen mehr blühen, wo Asche aus Scherben getrunken wird. **Man spielte pro forma mit, um pro forma dazugehören zu dürfen. Vergeudete Lebenszeit ohne nachhaltige Produktivität – alles nur, um den Schein von Proformankultur zu wahren, wo nichts Kulturelles geschah, an das man sich auch noch morgen erinnern würde.** Und so sitze ich heute tagein tagaus in einem weißen VW Caddy der Abteilung *"Gartenamt"* der Stadt Düsseldorf und befördere trauernde, nachdenkliche Menschen, die mit dem Tod konfrontiert sind, im Schritttempo zu einer Grabstätte, ohne selber daran emotional beteiligt zu sein. Das Ritual wiederholt sich mehrmals am Tag, es wird gestorben, gefeiert, geredet, gesegnet und beerdigt. Seit nun schon über einen ganzen Monat fahre ich frühmorgens zur Arbeit als Friedhofsfahrer auf dem Nordfriedhof und komme spätnachmittags wieder zurück in meinen kleinen Tempel in Eller Süd. In Eller Süd *"stirbt man nicht schneller"*, sondern SCHREIBT SCHNELLER. Hier duftet es nach Ponyhof, obwohl wir uns in der Stadt befinden. Hier kann man am Feldrand zum Wasserschloss spazieren, als lebe man in der Natur. Und das Wahre daran ist ja: man lebt überall in der Natur! Wenn es regnet, laufen viele Menschen mit hochgezogenen Schultern gebückt und im schnellen Drippelschritt durch die Tropfen, um möglichst wenig getroffen zu werden. Ob das rein physikalisch überhaupt etwas nutzt, um weniger nass zu werden, wäre interessant zu erfahren, aber wenn ich von einem verregneten Arbeitstag aus der Ubahn aussteige, ertappe ich mich dabei, daß ich genauso aufrecht und entspannt durch den Regen schlendere als schiene die Sonne. Und das Wahre daran ist: die Sonne scheint tatsächlich! Sie scheint immer, wenn auf dieser Planetenseite Tag ist, ganz gleich, wie bewölkt oder verregnet es ist. Es ist immer hell! **Es ist immer ein schöner Tag! Es ist immer DAS PRALLE LEBEN, die Natur, aus der wir bestehen!** Der Regen berührt meine Hautoberfläche und erzählt mir seine Geschichte. Woher die Tropfen ursprünglich stammen und wohin sie wohl abfließen. Ich habe das Glück, sie auf ihrem kurzen Zwischenstopp anzutreffen, sie in ihrer nassen Einmaligkeit zu fühlen und auf meiner Haut verdunsten zu lassen. Danach regnet es irgendwo anders, während ich längst im Trockenen sitze und darüber nachdenken kann, wie schön diese kostenlose Erfrischung war! Heute ist Sonntag und ich fühle mich nicht anders als unter der Woche. **Das Büro in der Kapelle, das Auto, die Kollegen, die Fahrgäste, der Bereitschaftsdienst: alles fühlt sich genau richtig an, heilsam für die jahrelang hyperaktiv gefolterten Nerven und Muskeln, die sich erst daran gewöhnen müssen, daß selten gedacht und geschrieben wird (im Vergleich zu den heißen Phasen, in denen ein löchriges Ich seine eigene Auflösung geradezu zwanghaft verstehen wollte), selten gehetzt und gewollt wird.** Der "*Wille zum Wahrnehmen*" ist kein echter Wille, eher sowas wie eine unausweichliche Bereitschaft des Körpers, seine Sinneseindrücke zu verarbeiten und darauf zu reagieren. Was an einem Tage unerledigt bleibt, ergibt sich an einem anderen Tage automatisch. Es gibt nichts Dringendes mehr, nichts, was vollendet werden müsste, nichts, was angefangen wurde, um ein Ziel zu erreichen. **In der Raststätte "*Zum ewigen Jetzt*" sitzen befreundete Fremde herum, es herrscht eine Atmosphäre von Wohlwollen gegenüber der Natürlichkeit der gesamten Realität, aus der jeder einzelne selber besteht. In niemandem wohnt mehr ein Ich, das sich gegenüber den anderen Ichs virtuell abgrenzen und beweisen braucht. Hier ruht ein jeder Mensch in seiner grundlosen Inwesenheit und diskutiert über den Geschmack der Getränke anstatt über Gott. Hier gibt es niemanden, der ein suchendes Ich in sich beheimatet, das sich von sich selbst entfremdet fühlt und darum hofft, seine eigene Mitte zu finden, in der dann Gott spürbar wäre. Diese ganze Schikane der psychischen Sklaverei hat sich erledigt! Die Freiheit ist kein Gespenst, sondern ein Gespür des Ganzen mithilfe des Bewusstseins der Natur. Manche behaupten, das Universum wüsste nichts von sich selber, weil es nicht über sich nachdenkt, aber ich würde noch einen Ticken weiter gehen und sogar sagen: das ganze Universum weiß sehr wohl um seine eigene Existenz, nämlich dank all der Enden der Nervenfasern, durch die es sich selber erfährt!** Das war jetzt eine ungewollte Hommage an Alan Watts, der das schon vor über 50 Jahren so formulierte, aber nach seinem Ableben 1973 im Alter von fast 59 allmählich in Vergessenheit geriet. Mein Leben begann vor 56 Jahren. Wenn ich 3 weitere Jahre überstehe, lebe ich länger als Alan Watts, obwohl ich auch nichts mehr zu sagen habe. Immer häufiger kreisen Gedanken durch mein Gehirn, die auch von anderen stammen könnten, sich aber vertraut anfühlen und auf kein Ich mehr bezogen werden, das diese Gedanken gedacht haben möchte. Es sind einfach nur nette Gedanken, die aufploppen und wieder zerfallen. Auf diese Weise hatte ich bereits mehrmals im letzten Monat gute Ideen für dieses letzte Kapitel des zweiten Teils der UUU-Reihe, aber jedesmal waren sie wieder zerflossen, bevor ich die Gelegenheit hatte, sie aufzuschreiben. Das wäre früher undenkbar gewesen: einen guten Gedanken zu haben, ohne ihn schnellstmöglich festzuhalten! **Aber wo kein Ich mehr ist, das "*seine*" Gedanken festhalten will, da wird eben gedacht wie gegessen und geschlafen: einfach so, nebenbei, ohne Bedeutung, ohne Relevanz. Das erwachte Wahrnehmen des Ganzen durch sich selbst hat keine Systemrelevanz – es IST das System selber...**

UUU 015: 29.8.2023
(ABARBEITEN STATT ABGEARBEITET SEIN)

Es gibt anscheinend einen psychosomatischen Zusammenhang zwischen LEBENSSTRESS durch ungelöste Alltagsprobleme und muskulären Verspannungen, die sich durch den seelischen Krampf/Knoten verstärken und dadurch die Schmerzsymptomatik primärer Problemzonen antriggern und schlimmstenfalls in scheinbare Selbstläufer verwandeln. Aufgeschobene, vor sich her geschobene drängende Fragen der Lebensumstände/ Überlebensstruktur, die erst *"auf den letzten Drücker"* angegangen werden oder (ob unverschuldet spielt dabei keine Rolle) ungelöst bleiben, fungieren dadurch indirekt als traumatischer Schmerzverstärker und Symptomverschlimmerer. **Prüf einmal selbst, wie lange Du unbequeme Lebensfelder unbeackert lassen kannst, ohne ein körperliches Feedback zu riskieren, das in einer Odyssee zu allen möglichen Ärzten mündet, die aber rein organisch nichts diagnostizieren können, obwohl neuronale Messungen im Gehirn eine deutliche Erhöhung der Aktivitäten im Schmerzzentrum verzeichnen und Dich dadurch des Verdachts auf Hypochondrie entlasten.** Das ist der Punkt, an dem Du Dich endlich mit all den verdrängten Probleme des Alltags beschäftigen solltest – und sei es nur der systematische Abbau des gigantischen Papierstoßes aus Amtsbriefen mit Deadlines; denn wenn Du alles zu lange vor Dir herschiebst, könnten die vielen nicht eingehaltenen Deadlines tatsächlich zu tödlichen Psychoprozessen führen, weil der Körper erbarmungslos auf die Stressfaktoren reagiert. Jedes ungelöste Problem, jede unbeantwortete Frage bombardiert Deine Zellen permanent mit neurobiologischen Mikroschocks. Und am Ende dieser Teufelsspirale liegst Du unter der Erde, obwohl Du eigentlich ein erträgliches oder sogar richtig schönes Leben hattest. Aber Du konntest es nicht wirklich genießen, weil die heimlichen Stressfaktoren tabuisiert wurden. Was wäre, wenn ein Herzinfarkt, Schlaganfall, Krebsgeschwür, Knochenbruch, Hörsturz, Erkältung oder andere Krankheiten, die zwar medizinisch definiert werden können, bei Dir weder genetisch veranlagt sind noch durch unglückliche Zufälle zustande kommen, sondern tatsächlich durch aufmerksames Analysieren und konkretes Abarbeiten Deiner *"auf der Strecke gebliebenen"* Sorgen vermieden werden könnten? Ein Versuch schadet nie – schlimmstenfalls hätte das Problem zu keinen Symptomen geführt, aber Du hast es trotzdem vom Tisch. Das erleichtert, befreit und macht Platz für mehr gute Laune, mehr Nettigkeit, Fröhlichkeit und Verständnis für die Macken anderer. **Jeder Mensch hat sein eigenes Tempo und seine eigenen Gründe, um die Probleme des Alltags zu bewältigen. Auch wenn es manchmal sehr eng wird und das Gefühl entsteht, daß man nur ganz knapp am Unheil vorbei schlittert, so ergeben sich doch auch im letzten Moment die erstaunlichsten Folgeerscheinungen aus allem, was man in die Wege leitet und das, was heute daraus folgt, wäre gestern und morgen nicht möglich gewesen.**

UUU 016: 17./18.10.2023
(LANGSAMKEIT & LEERLAUF ALS NEUER LUXUS)

Den ganzen Tag zittrig, Nervenflattern, erhöhter Blutdruck, plötzlicher Schwindel, ein Ploppen im Hüftgelenk und danach etwas weniger blockiert beim Gehen. Hatte ich den Schmerz überhaupt erwähnt? Die Zeit rast dahin, alles passiert im Sekundentakt. Und wie sagte ich einst in einem unbeachteten Gedicht: *"Am Ende fühlt sich das ganze Leben wie zwei Minuten an"*. Da war ich noch jung, aber Weisheit hat nicht unbedingt mit Alter zu tun, sondern eher mit dem Mut zur klaren Erkenntnis. **Die rechte Hüfte bekommt am 9.Januar eine Prothese, dann bin ich einen Schritt weiter in Richtung transhumaner Cyborg, Android oder Terminator: die fortschreitende Arthrose hat den Schleimbeutel inzwischen entzündet, der wiederum auf die gesamte Umgebung abstrahlt. Daher das Gefühl von Dauerkrampf im ganzen Bein, obwohl die Muskulatur recht locker scheint. Die erste Kortisonspritze im August führte am nächsten Tag zu kompletter Schmerzfreiheit – ich bin dann einen Monat lang auf Arbeit unbeschwert wie ein junges Reh gehüpft, als wäre die Gravitation wie auf dem Mond!** Wer mit chronischen Schmerzen lebt (das kenne ich ja schon seit dem Therapietrip 2010), der gewöhnt sich allmählich an das Gefühl. Das Schmerzempfinden verändert sich schleichend. **Komplette Schmerzfreiheit ist dann so ungewohnt, daß sie überwältigend und euphorisierend wirkt, sogar die Art des Denkens/Reflektierens ändert sich in diesem seltenen Ausnahmezustand, als ob plötzlich mehr Platz, mehr Luft, mehr Spielraum für abwegige Randgedanken zwischen den Gedanken geschaffen wird; der Schmerztunnelblick öffnet sich auf der Lichtung in alle Richtungen, auch brachliegende kreative Projekte können wieder frohen Mutes mit wortwörtlicher Leichtigkeit aufgenommen werden.** Man kriecht nicht mehr über den Boden, sondern hebt fast ab wie ein Ballon, den der Wind davon trägt. Zurückerinnert fiel uns ein, daß ich bereits seit fast zwei Jahren nur noch sehr umständlich in den rechten Schuh hineinkam und das Schnürsenkelbinden zu Schweißausbrüchen führte. Aber gehumpelt bin ich erst verstärkt seit diesem Sommer. Die zweite Spritze direkt nach dem Urlaub wirkte leider nur halb so gut. Und trotzdem waren die vier Tage auf Sylt erholsam, auch wenn jeder Spaziergang einer Folter glich. **Wenn es quasi unerträglich wurde, dachte ich an all die Menschen, die zur selben Zeit weit schlimmeres Leid erdulden müssen und die gezwungen sind, sich unter unmenschlichen Umständen ihrem Schicksal irreversibel zu ergeben. Dadurch nimmt der Schmerz zwar nicht ab, aber die Resilienz wird größer, man wird demütiger, schämt sich, zu sehr zu jammern, da wir hier immerhin das paradiesische Glück haben, das das Gesellschaftssystem einem (meist) in der Not hilft anstatt im Stich lässt.** Leider gibt es ja auch hier manchmal unnötigen, unmenschlichen, überbürokratischen Stress, wenn es eigentlich schnell gehen müsste. Das ist ein anderes Kapitel. Aber Weltschmerz an sich ist nunmal größer als persönliches Leid, jedenfalls in meinem Befinden, und hilft darum, länger durchzuhalten. Zur Belohnung dann bei Sonnenschein und lauwarmer Herbstluft zeitlos gechillt am Strand abhängen und auf das letzte Stück bis zum Café Extrablatt vorbereiten. Gedankenlos. Entschleunigt. Unbesorgt. Die rauschende Gischt genießen. Die Muscheln begutachten. Die Wolken beobachten. Bis zum Horizont die wechselnden Farben des Ozeans aufsaugen. Außerdem war das Fahrradfahren zu den *"sprechenden*

Steinen" im Friedhof der Keitumer Kirche einfach herrlich, weil das Sitzen auf dem Sattel den Schmerz abbaut. Die Fahrradtour war insgesamt so unbeschwert wie schon lange nicht mehr. Mein letztes eigenes Fahrrad ließ ich in Berlin zurück. Wegen der Hüfte. Damals tat langes Sitzen weh und führte schon in der Kindheit bei den langen Autofahrten in die Sommerurlaube zu "*eingeschlafenen*" Beinen (u.a. wegen der unvollständigen Hüftpfannen), was ich damals als Kind tatsächlich für normal hielt und mich daher niemals darüber beklagt hatte. **Das stundenlange stramme Flanieren blieb in Berlin schließlich als letzte Sportart übrig (und wird auch mit neuer Hüfte empfohlen).** So sah ich ungeheuer viel von der Hauptstadt, was einem Touristen sonst verborgen bleibt: bin morgens raus aus Neukölln und war erst spätabends zurück, den ganzen Tag kreuz und quer von Ost nach West und von Süd nach Nord – in unbekannte Seitenstraßen, über bedeutungslose Plätze, Hinterhöfe, Parkanlagen, zu Caféhäusern (Steglitz, Ku'damm, Pankow) und vorallem mit überraschenden spontanen Begegnungen mit fremden Menschen. Dafür hatte ich ja schon in den 90ern den Begriff des Neuromagnetismus erfunden, um mich einerseits von der Esoterik abzugrenzen, die paranormale Phänomene nicht mit kühlem Sachverstand analysiert, sondern alles Wundersame in ein romantisches Konzept verpackt, indem man dem Aberglauben an Energiefelder, Gottesgnade, Telepathie, Zeitreisen oder multidimensionale Parallelwelten anhängt. Aus "*paranormal*" wird dabei ganz schnell "*paranoid*", die Grenze ist im Grunde fließend, wenn man keinen Boden unter den Füßen hat, wie ich es selber auch in einer bestimmten Phase um 2006 herum erfuhr. **Esoteriker wollen das Wundersame gar nicht verstehen, sondern nur ihr Staunen zu einer übernatürlichen Fratze verzerren. Während ich umso mehr staune, wenn ein seltsames Erlebnis durch diverse wissenschaftliche Erkenntnisse trivialisiert werden kann; denn: das Erlebnis selber bleibt ja trotzdem ein kleines Wunder, weil alle konkreten (statt ideologisch-symbolischen) Erklärungsmodelle dem Gesamtwunder Universum Respekt zollen. Echte Wissenschaft ist ja niemals reduktionistisch, sondern immer neugierig von innen ausgehend, von der eigenen Erfahrung, dem Experiment, empirisch, induktiv ausdehnend. Wissen entsteht durch hautnah sinnliches Erspüren, Erfahren und Ergründen der Zusammenhänge, nicht durch hochneurotisch distanzierte, transzendentale Glaubenssysteme und die daraus zwanghaft abgeleiteten Rituale, Konventionen, Traditionen und Gesetze. Wer in einer Scheinwelt aus "*Glaubensdingen*" aufwächst, lernt die Welt nicht filterfrei kennen, sondern immer nur durch hypnotische Projektionsbrillen, Wunschvorstellungen, symbiotisch-sektiererische Interpretationen aller Phänomene. Die dingliche Welt wird dadurch nie als solche erfahren, alle Dinge haben nur eine symbolische Funktion oder eben keine Legitimation.** Aber ich schweife wieder mächtig ab. Wo war ich stehen geblieben? Ach ja, das Sitzen und Fahrradfahren, damals in Berlin und neulich auf Sylt. Und durch das Liegen verschwindet der Schmerz allmählich vollständig, kehrt dann beim Gehen zwar schnell zurück, aber immerhin ist der Schlaf erholsam. Jetzt benutze ich eine der Krücken meiner Mutter, die mein Vater prophylaktisch aufgehoben hatte. Er selber kommt mit den Nordic Walking Stöcken besser klar. **Die Tendenz zum Hexenschuss seit letztem Wochenende rührt womöglich von der unbewusst schiefen Haltung durch die Krücke. Ich versuche nun also, sie nicht mehr zu sehr als Beinersatz zu verwenden, mich nicht zu sehr darauf zu stützen.** Das Tilidin lockert zum Glück wieder und die dritte Spritze bekam ich heute, d.h. gestern; denn es ist jetzt 2 Uhr morgens. Ich habe versucht, um Mitternacht einzuschlafen, aber mir ging zu viel durch den Kopf. Die Idee zu einer speziellen

Gedichtsammlung mit einigen ausgewählten Texten über Sterben, Tod, Verdrängung, Trauer und die Hingabe ans Leben. Diverse Buchtitel kamen mir in den Sinn, z.B. _"AM ENDE LIEGEN ALLE FEINDE NEBENEINANDER"_ oder _"AUSGEWÄHLTE GEDICHTE BEVOR ICH VERSCHWINDE"_ oder _"LAUT LEXIKON HAT ES MICH NIE GEGEBEN"_, was aber alles eher nur als Untertitel taugen würde, weil zu lang und nicht knackig genug. **Das Prinzip der corporate identity gilt auch für Publikationen, um sie zu vermarkten. Dann fiel mir plötzlich ein, daß mir vor vielen Jahren schonmal die Domain GRABLYRIK.DE gehörte.** Dadurch wurde ich wieder hellwach und entschied mich zu diesem Tagebucheintrag. Die Domain könnte ich eigentlich nochmal neu ankaufen. Ist bestimmt noch immer frei und von keinem überteuerten Reseller blockiert (manche meiner vierhundert über die Jahrzehnte abgestoßenen Domains landeten automatisch bei Resellern, obwohl die denen niemals jemand abkauft, aber das von mir bewirkte gute Google-Ranking suggeriert ihnen eine Fake-Bedeutsamkeit). Kann ich aber jetzt gerade nicht prüfen, da mein Highspeedvolumen für den noch laufenden Turnus aufgebraucht ist. Zum Glück habe ich diesen Monat mit dem Kontingent (inzwischen 50 GB, jährlich 10 GB Zuwachs dank _"grow"_-Tarif) ganz gut gehaushaltet: es bleiben nur zwei entdigitalisierte Tage bis zum neuen Turnus und da ich morgen sowieso zum Kino fahre (wir schauen den neuen Scifi _'The Creator'_), kann ich vorher noch kurz im Xafé der Hauptbücherei bei einem starken Kaffee gechillt surfen. Nun ist es schon beinahe 4 Uhr und die Müdigkeit kehrt doch zurück. Ich freue mich auf Montag, auf das Wiedersehen mit den Kollegen – erster Arbeitstag nach 3 Wochen Urlaub! Wer kann schon von sich behaupten, so gerne zum Job zu gehen, als sei es ein zweites Zuhause? Das rührt wohl daher, daß ich erstmals überhaupt einen Vollzeitjob mache, also mehr Zeit auf dem Friedhof als in meiner Wohnung verbringe. Da muss man sich einfach auf der Arbeit wohl fühlen, sonst hat man verloren! Und ja: **es ist in gewisser Weise eine Art Traumjob, weil er beide Ausbildungen miteinander kombiniert, das Chauffieren (bei Rheintaxi) und das Betreuen (in Pflegeheimen) – in einer Atmosphäre täglich wechselnder Lebensgeschichten eingebettet in die immergleichen Prozeduren. Gefragt sind daher sowohl die aufmerksam-respektvollen Servicekompetenzen als auch sensibel-empathische Kommunikationsstrategien. Die eigentliche Tätigkeit, das Befördern der Trauergäste, erzeugt keine Angst vor Versagen, da es keinerlei Schwierigkeitsgrad mit bösen Überraschungen bereithält,** abgesehen vom anstrengenden Ausbalancieren zwischen Kupplung-Bremse-Gaspedal bei 4 km/h hinter der Kapelle hoch zum Hochkreuz oder den steilen Schotterweg hoch zum Millionenhügel; da gerät man schonmal ins Schwitzen oder merkt es abends in der Wade. Und das Ausschmücken der Kernkompetenz _"Fahren"_ mit der _"Freude"_ am Helfen und Menscheln aus entschleunigter Geduld macht aus dem routinierten Ablauf immer wieder ein neues, einzigartiges Ereignis. **Langeweile kennt nur, wer Langsamkeit und Leerlauf nicht als neuen Luxus zu schätzen weiß!** Bin gespannt, wie ich die beiden Monate bis zur Operation überstehe...

UUU 017: 16.3.2024
(SCHÜLER & SCHARLATANE)

Vor der OP wollte ich zu viele Projekte zuende bringen, um mich dem Neuen noch besser ohne Altlasten voll und ganz hinzugeben, aber im Endeffekt musste ich alles unter Narkose loslassen, obwohl es noch nicht für die Nachwelt perfekt aufbereitet war. Jetzt knüpfe ich allmählich wieder an all die unerledigten Ideen an und mache quasi nahtlos dort weiter, wo ich das alte Leben verließ. Gibt es einen Unterschied? Bislang stolper ich über kein zusätzliches Problem, das durch die zeitliche Lücke entstanden wäre, eher im Gegenteil: es ist beruhigend und auch irgendwie gruselig, daß meine Abwesenheit nicht dazu führte, daß sich die ganze Situation in meinem sozialen Umfeld geändert hätte. **Stattdessen sehe ich nach und nach all die fremden Menschen wieder, die zur Kulisse meiner Umgebung gehören, wie sie ihre immergleichen Bahnen ziehen, als hätte mein unauffälliges Verschwinden nur einen einzigen Tag gedauert. Im Grunde habe ich nichts verpasst, was mich schon vorher zu Tode langweilte.** Den Schnee hätte ich gerne auf dem Nordfriedhof erlebt, diese weiße Stille auf den Gräbern und die andächtige Reinheit auf der Wiese vor der Kapelle. Aber dafür kam ich immerhin pünktlich zur Magnolienblüte zurück und konnte frühmorgens den Grünarbeitern zuschauen, wie sie die Frühlingspflanzung in die Wege leiten. Jetzt blühen knatschgelbe und violette Stiefmütterchen an den Rändern der Kapellenwiese, als hätte der französische Streifenkünstler Daniel Buren einen Auftrag vom Gartenamt erhalten, die Anfahrtswege perspektivisch zu illuminieren. Drei Tage Regen zur Begrüßung und diese durchnässten Pantoffeln, die ich jetzt über zwei Monate als einziges Schuhwerk tragen konnte, weil ich noch immer keine Schnürsenkel am operierten Bein binden kann. Aber was wenigstens wieder funktioniert, sind die Reißverschlüsse der schicken Schnabelschuhe: der Unterschenkel lässt sich bereits so weit anwinkeln, daß ich sie relativ leicht im Stehen an der Tür beim Verlassen der Wohnung zuziehen kann, also in einem Rutsch der Bewegungsabläufe, die morgens früh klappen müssen, ohne schon nassgeschwitzt in der Bahn anzukommen. Und so sieht der Chauffeur mittlerweile schon wieder ganz ordentlich aus, um mit den Schwarzarbeitern in ihren maßgeschneiderten Uniformen einigermaßen mithalten zu können. **In dieser ersten Arbeitswoche ab dem 20.Tag nach der Rehaklinik, dem 47.Arbeitstag seit meiner Abwesenheit und dem 63.Tag ab der Operation (am 9.Januar) traf ich bereits viele Menschen wieder, die sich über meine Rückkehr freuten und nun wieder ins Gesamtbild meiner Lebenszeit gehören.** Das unerwartete Sahnehäubchen auf diese erste Woche im Dienst war allerdings eine Begegnung am Freitagnachmittag kurz vor Feierabend, mit der ich nicht im Geringsten gerechnet hatte: die Physiotherapeutin aus dem Krankenhaus, die mich nach der OP eine Woche lang mit Lymphdrainagen behandelt hatte, suchte den Weg zu einem Grab und ich konnte sie letztlich erfolgreich dorthin chauffieren. Sie war es, die ich im Patientenbericht (unter ARBEITSDICHTE.de) als einzige ernstzunehmende Fachkraft im KH verewigte, als ich das unprofessionelle Chaos auf der Station beschrieb. **Nie wieder OP bei einem Belegarzt! Ein Krankenhaus, in dem man von Scharlatanen und Schülern betreut wird, ist kein Beweis für den Pflegenotstand oder Fachkräftemangel, sondern zeugt davon, daß eine ganze Station nicht auf das Krankheitsbild seiner Hauptpatienten eingespielt ist,** sondern jeder nur das Allernötigste tut, um zu vertuschen, daß eigentlich gar nichts korrekt läuft, was in anderen Krankenhäusern ganz selbstverständlich dazu gehört, wenn der Operateur selber die Station leitet. **Aber was soll ich mich schon wieder aufregen, es ist passiert und ich habe es mit meiner eigenen Art von Gelassenheit überstanden, das Beste draus gemacht und eine ganze Menge über das gesamte System dazu gelernt.** Und ich habe in der Reha mehrere Tipps von Patienten erhalten, die ebenfalls *"Hüfte hatten"*, in welchen Krankenhäusern die Zustände bis ins Detail auf die Sache korrekt eingestellt sind. Denn in einigen Jahren könnte es sehr gut sein, daß die linke Hüfte auch ausgetauscht werden muss. Die Arthrose war bereits auf dem MRT im Oktober auch links zu sehen und aufgrund der Dysplasie lebe ich ohnehin schon seit Kindheitstagen mit Symptomen, die keiner braucht. **Beim Recherchieren entdecke ich, daß Band 1 der Reihe *"UNIFORM UND UNIVERSUM"* vor exakt einem Jahr im März 2023 erschien, damals noch als Fahrgastbegleiter in der Rheinbahn unterwegs.** Diese extrem große Zeitspanne bis zum Erscheinen von Band 2 im kommenden April 2024 war so nicht wirklich geplant, aber die reine Textdatei ist zumindest schon gut sortiert und als Layout brauche ich nur die ODT-Datei von Band 1 als Vorlage zu übernehmen. Passende Fotos sind auch zur Genüge im Laufe des Jahres angesammelt, im Grunde könnte ich relativ schnell produzieren, aber **momentan geht noch immer alles ziemlich langsam, ich fahre die Alltagssysteme in Zeitlupe hoch und konzentriere mich auf das Allernaheliegendste...**

UUU 018: 4.-7.5.2024
(5G…HIRNSCHRITTMACHER)

ALSO… sagt man eigentlich erst, wenn man mindestens bereits 1 vollständigen Satz laut gesagt hat, auf den man sich tatsächlich beziehen kann, ALSO eine gewisse Aussage ausgesprochen wurde, aus der irgendetwas anderes folgt. So ermahnte uns unser Mathematiklehrer immer wieder und wieder mit ernster, wohlwollender, sachlicher Stimme, da wir eigentlich immer mit "*also*" begannen, obwohl es nichts gab, auf das wir uns bezogen. Vielleicht war aber genau das das entscheidende Problem an der Logik der Jugend: es gab einfach nichts, auf das man sich beziehen konnte, da ja noch nicht genügend Lebenserfahrung gesammelt war, um sich zu trauen, einen sicheren Ausgangspunkt zu behaupten. **Im Grunde war das allerdings nicht nur ein psychosoziales Problem junger Menschen, sondern sogar ein kosmologisches; denn wenn man behaupten wollte, es gäbe die Welt, weil es davor einen angeblichen Urknall gegeben hätte, aus dem ALSO die Welt dann hervorgegangen sei, steht man vor demselben Scherbenhaufen wie als Jugendlicher, der eine vermeintliche Folgeerscheinung aus der hohlen Hand formuliert, ohne daß es tatsächlich eine Aussage gegeben hätte, durch die es zu dieser logischen Folge käme. Insofern ähnelt die jugendliche Leere und Orientierungslosigkeit letztlich den rätselhaftesten Fragen der Menschheit und ist ALSO keineswegs ein neurotisches oder allgemein neurobiologisches Symptom des Digitalzeitalters, als ob alle Teenager nur deshalb verpeilt wären, weil sie vom eigenen Denken noch nie selber Gebrauch gemacht hätten, was ja stimmt: es wird nicht mehr selber gedacht, sondern nur noch Socialmedia konsumiert.** Alle Gedanken der neuen Menschen entstammen nicht mehr der eigenen analogen Großhirnrinde, sondern dem digitalen Endsinngerät, das sämtliche Antworten auf all jene "*letzten*" Fragen liefert, die niemals gestellt wurden. Der junge Mensch lernt daher nicht mehr, nach dem tieferen Sinn des gesamten Lebens zu fragen, sondern lässt sich von Bildern und Filmchen berieseln, die ihm eine Produktwelt vorgaukeln, in der man nur ebenso viel Hyaluronsäure und Botox benötigt wie die perfekten Avatare der Stars, um die Vergänglichkeit des realen Lebens von Anfang an zu verdrängen. Lass Dir die Haut einfach schön straffen und glätten, spritz Dir die Lippen ganz prall bis zur Nase auf, setz Dir kugelrunde Implantate in die Brüste ein und Synthol in die Superhelden-Bizeps, trainier Deine Pobackenmuskulatur, bis die Sehne reißt – und Dein "*definiertes*" Leben als Megaklon kann beginnen, Du hast Dich zum makellosen KI-Monster Deiner selbst umgeformt! **Nie wieder an Deinen organischen Tod denken! Nie wieder daran denken, daß alles sterben muss, was geboren wurde! Nie wieder DENKEN! Nur noch topfit und superschön sein! Die relevanten Gesprächsthemen ergeben sich automatisch aus der personalisierten Werbung, die Dich mit der konkreten Unendlichkeit der vorbei flimmernden Pixel verbindet. Du bist verbunden! Du bist unendlich! Du bist das Eine und Ganze! Das große Geheimnis! Das Göttliche! Du bist verschmolzen mit der metaphysischen Information, die in jedem einzelnen Klick auf Dich wartet! DU BIST DIE ANTWORT – bei jedem Klick!** In jeder gechipten Zelle Deines transhumanistisch erweiterten Körperkorsetts. Deine telepathische Anwesenheit in der virtuellen Landschaft der besseren Welt lässt Dich vergessen, daß Dein zerbrechliches Skelett in einem Hightech-Cockpit verkabelt die totale

Bewegungslosigkeit zelebriert. Die absolute Ruhe. Die radikale Regungslosigkeit der kosmologischen Singularität. Dein vernetztes Fleisch überträgt diese windstille Mitte der unendlichen Leere, die hinter der Hirnrinde lauert. Am Ende des neurodivergenten Tunnels Deiner erhöhten Aufmerksamkeit gleitet das Raumschiff Deiner Wahrnehmung in unbekannte Gewässer. **Der reißende Strom Deiner Livestream-Leitung überwindet jeglichen Anspruch auf Content, die Sendung wird selber zum Lebenssinn, von sämtlichen Assoziationsketten befreit im frei schwebenden Rausch der nicht mehr identifizierbaren Objekte im potenziellen Raum eines literarischen Krebsgeschwürs ohne Autor, das einzig und allein diesem Dativ des Genitivs beim direkten Lesen dient, weshalb Du spätestens jetzt erst bemerkst, daß das bloße Aneinanderreihen von elaborierten Begriffen nicht notwendigerweise zu einem literarisch verwertbaren Text führen braucht, sondern durchaus an einer beliebigen Stelle inmitten des topaktuellen Satzes unterbrochen werden kann, ohne daß dafür erneute Gebühren verlangt werden.** Und plötzlich tauchst Du aus der Hypnose auf, nimmst den nassen Sound der vorbei rauschenden Räder auf dem Asphalt der verregneten Morgenstunde wahr und bist froh, diesem absurden Alptraum noch einmal ganz knapp entkommen zu sein. Der allererste Tag Deines echten Lebens kann nun beginnen. Die Monitore verdunkeln sich und die Sonne sendet ihre galaktischen Lobpreisungen auf die erstaunliche Schwerkraft des Lebens, die Liebe und die Kraft der Natur! Herzlich willkommen auf Deinem Heimatplanet – es ist noch nicht zu spät...

DÜSSELDORFER DIPIDOLOR
(EIN NOTFALL IST EIN NOTFALL IST EIN NOTFALL; ODER: 6 STUNDEN NOTAUFNAHME)

Eine kleine Anekdote aus dem wahren Leben über unterlassene Hilfeleistung wegen angeblichem Personalmangel

Eigentlich wollte ich diesen heutigen Urlaubstag dazu nutzen, den um Monate verschobenen Band 2 meiner Tagebuchreihe *"UNIFORM UND UNIVERSUM"* zu layouten und mit dem gestrigen Naturgedicht *"NATÜRLICHES DELIRIUM"* enden zu lassen, aber als ich heute Mittag komplett bewegungsunfähig vor Schmerz niedergestreckt da lag, entschied ich spontan, doch den Notarzt zu rufen, anstatt bis zur morgigen Notfallsprechstunde bei meinem Orthopäden zu warten. **Ich hatte im Laufe der Jahrzehnte genug Hexenschüsse und Bandscheibenvorfälle, um relativ resistent gegenüber den Schmerzen an sich zu werden, aber wenn Dich der glühende Blitz, der den Rücken bei jeder Bewegung für 1 Sekunde wie eine Lavawelle durchzuckt, daran hindert, das Bett zu verlassen, um pinkeln zu gehen, ist tatsächlich Schluss mit lustig.** Hätte niemals gedacht, von zuhause jemals mit Tatütata abgeholt zu werden! Mit gepackter Notfalltasche für 3 Tage Krankenhaus stehe ich hochkonzentriert schnaufend auf Krücken an die Haustür gelehnt, als der Rettungswagen hält. Mit Müh' und Not schaffe ich es irgendwie, mich auf die Pritsche zu legen und werde verkehrstauglich fixiert. Die Sanitäterin scherzt noch, um mich aufzumuntern, als ich erwähne, daß das Tilidin nicht gewirkt hat: *"Soll'n wir einen Abstecher zum Hauptbahnhof machen, um wirklich gute Drogen zu besorgen?"* Dann telefoniert sie herum, bis sie weiß, wo sie mich hinbringen können: in die zentrale Notaufnahme der Uniklinik. Ich jubeliere laut: *"Oh wie cool, dann bin ich save!"* **Aber es sollte ganz anders kommen…**

Nachdem der Rettungssanitäter den Notfallsanitätern der Notfallaufnahme seine kurze Anamnese vortrug, die er während der ruckeligen Fahrt über Asphaltlöcher nach und nach ins Tablet getippt hatte, durfte ich mich von der Pritsche auf eine noch engere Bahre rollen und dann schoben mich mehrere hübsche Engel in eine kühle Halle mit mehreren durch Vorhänge abgetrennte Separees, die sich als Vorhof zur Hölle entpuppte. **Denn genau hier und jetzt sollten nun die 6 unnötigsten Stunden meines geliebten Lebens beginnen, noch unnötiger als der 3-tägige Hightech-Wellness-Sessel in der Schmerzklinik 2014, wo ich vergeblich in tiefster Meditation auf Anwendungen war-tete, bis ich mich schließlich selber entließ und die freigesetzte Zeit dazu nutzte, meine ersten Publikationen bei BoD zu konzipieren.** Aber zurück zum Medizin-Campus des Universitätsklinikums Düsseldorf (UKD): Da lag ich also klitschnass geschwitzt von den glühenden Blitzen in diesem modernen Feldlazarett und versuchte, meine leicht angebeugten Beine so geschickt an das Sicherheitsgitter zu lehnen, daß größtmögliche Schmerzfreiheit bei entspannter Regungslosigkeit möglich war. Und zwar für Stunden!

Nach einer gefühlten Ewigkeit tauchte die angebliche Orthopädin auf, um meine Wirbelsäule abzutasten. Da ich mich aber vor Schmerz keinen einzigen Millimeter zur Seite drehen konnte, ließ sie mir zunächst Dipidolor intravenös verabreichen, um später wiederzukehren, so jedenfalls ihr Plan. Nach einer halben Stunde wurde mir bewusst, daß die Infusion schon längst alle war, aber keinerlei Wirkung gezeigt hatte. Die Schmerzen bei jeder kleinsten Bewegung waren 100% unverändert. Das Tilidin hatte ich ja bereits seit gestern genommen und das hatte auch nicht gewirkt, obwohl es mich sonst immer schwerelos wie auf dem Mond hüpfen lässt. Aber mit einer intravenösen Wirkungslosigkeit von Dipidolor hatte ich jetzt beileibe nicht gerechnet! Mittlerweile waren 2 Stunden vergangen, ich musste ganz plötzlich pinkeln. Der Krankenpfleger hängte mir schnell eine Bettflasche hin, nachdem ich vergeblich versucht hatte, aufzustehen, um auf Krücken zur Toilette zu gehen. Zunächst kniete ich mich auf den Boden, merkte dann aber, wie der rasierklingenscharfe Besen der Hexe in den gesamten unteren Rücken schnitt, und pinkelte schließlich im seitlichen Liegen mit seltsam übereinander verrenkten Beinen, aber für diese kurze Zeit entspannt genug, um die Blase loszulassen.

Als weitere 2 Stunden vergangen waren, bemerkte ich erst anhand der trockenen Lippen, daß ich zu dehydrieren begann, gar nicht gut. **Die Orthopädin versorgte angeblich derweil ein schwer verletztes Kind und andere Notfälle, weshalb ich kein Problem damit hatte, im regungslosen Meditationszustand zu verweilen und Löcher in die neongrelle Decke zu starren. Wenn ein Kind wirklich in Not ist, warte ich gerne auf Hilfe, tauche einfach in einen zeitlosen Ruhemodus ab und erwache aus diesem frei gewählten Wachkoma erst, wenn etwas Sinnvolles in nächster Nähe passiert. Aber es passierte im weiteren Verlauf äußerst wenig.** Immerhin kam eine Reinigungskraft vorbei, der ich meine Lage schilderte und die daraufhin mehr für mich tat, als alle medizinisch Angestellten: Sie brachte mir umgehend einen Glaskrug voll Sprudelwasser mitsamt Plastikbecher und erzählte, daß sie sogar als Mitarbeiterin selber einmal hier stundenlang als Notfall gelegen hatte. Das Zeitgefühl war mir unterdessen komplett verloren gegangen, irgendwann hörte ich Fußballgeräusche, dann Tagesschau aus einem Fernseher irgendwo am anderen Ende der Halle. Hin und wieder kam ein Pfleger vorbei, um Geräte neben mir abzustellen, ohne mich auch nur im Geringsten zu beachten. **Da wurde mir klar, daß ich ein nutzloses Stück Fleisch bin, das solange hier zwischengelagert wird, bis sich das Universum entscheidet, mir Geist einzuhauchen.** Als ein erneuter Anlauf fehlschlug, den Pfleger zu bitten, mir noch ein anderes Medikament zu verabreichen und schon die Röntgenaufnahmen zu veranlassen, damit sich die ersehnte Rückkehr der Orthopädin als ergebnisorientiert erweisen kann, sagt dieser mit monotoner Roboterstimme: *"Die Ärztin schaut GLEICH nach Ihnen."* **Danach vergehen weitere 2 Stunden, bis in mir aus dem Nichts eine maßlose Wut emporsteigt, die sämtliche schamanischen Reserven aktiviert, um mich mit letzter Kraft und Atemnot von der Bahre zu robben und mir den Port aus dem Ellenbogen zu ziehen. Das umherspritzende Blut führt immerhin dazu, daß ich das Interesse des Personals wecken konnte.** Der Roboter stürmt herbei und fragt, was das denn solle, und am hintersten Ende der Halle starrt mich plötzlich DIE Orthopädin an, mit demselben Blick wie die Aliens in Carpenters Klassiker *Sie leben*. Sie unterbricht ihre nette Plauderei mit einem Patienten und eilt herbei: *"Warum ist so viel Blut hier am Boden?"* Ich brülle sie wutentbrannt an: **"Na, warum wohl!"** *"Was, Sie haben sich selber den Port gezogen?"* **"Ja, was glauben Sie, was ich mache, nachdem ich 6**

Stunden lang auf Sie warte! Liegen Sie einmal 6 Stunden lang regungslos rum, um den Schmerz zu vermeiden!" "Aber Sie stehen ja!", heuchelt die kleine sadistische Brillenschlange. *"Genau! Was glauben Sie, wie viel Kraft es mich kostet, überhaupt aufzustehen ohne zusammenzubrechen! 6 Stunden lang wurde ich nicht als Notfall behandelt! Ich hätte genauso gut zuhause liegen können, um auf Godot zu warten!"* Sie klebt mir noch schnell ein Pflaster auf die Vene, um den Blutstrom zu stoppen, dann setze ich mich unter Stöhnen und Keuchen auf Krücken in Bewegung, um irgendwo einen Ausgang zu finden. Die Orthopädin ruft mir noch hinterher: *"Also sowas habe ich ja noch nie erlebt! Und dann auch noch Fotos vom Blut machen anstatt sich verarzten zu lassen!"* Ich lande nach einem labyrinthischen Irrlauf in der riesigen Eingangshalle mit Rezeption und menschenleerer Lounge und habe endlich wieder Wlan-Empfang zum Telefonieren: *"Ich bin's! Du glaubst nicht, was ich in den letzten 6 Stunden erlebt bzw. NICHT erlebt habe – ein Skandal größten Ausmaßes und das in der Uniklinik!"* Ich marschiere wie ein zertretenes Insekt zur Taxihaltestelle und lasse mich in der orthopädisch gefährlichsten Limousine nach Hause fahren, wo die Tortellinis in der Mikrowelle auf mich warten. Nebenbei bemerke ich, daß ich seit meinem wutentbrannten Ausbruch aus der Folterkammer weniger Bewegungsschmerz empfinde, als gäbe es einen psychosomatischen Zusammenhang zwischen der unerträglichen Situation und den schamanischen Fluchtkräften. Vielleicht habe ich aber nur die Durchblutung verbessert oder mich aus Versehen beim Aufstehen eingerenkt. Ich beginne, diesen Text aufzuschreiben, werde dann aber gegen Mitternacht zu müde und schlief einigermaßen gut durch.

Heute, am Tage 1 nach der apokalyptischen Erfahrung, schaffte ich es zwar nicht, mich zu bücken, um Socken anzuziehen, aber immerhin war genug eiserner Wille vorhanden, um mich trotz der erneuten Schmerzstärke aus dem Bett zu quälen, immer das Ziel vor Augen: die Kortison+Traumel-Spritze bei meinem echten Orthopäden anstatt wieder in eine Notaufnahme! Die freundliche Arzthelferin zog mir die Socken an und der Neurochirurg war sich nach der Untersuchung des Rückens ziemlich sicher: Es handelt sich "nur" um einen Hexenschuss – also kein Bandscheibenvorfall! **Ich soll mich bewegen, sehr viel bewegen, Bewegung ist alles, um die Muskulatur wieder zu beruhigen.**

Auf der Kö angekommen, spüre ich schon eine gewisse Wirkung der Spritze! Ich flaniere in Richtung Köbogen 2, um mir bei einem beliebten Supermarkt günstigen Frühstückskram zu besorgen, indem ich die Krücken nach hinten drehe, was zwar so ähnlich bescheuert aussieht, wie wenn Leute ihre Nordic Walking Stöcke Gassi führen, aber die Methode ist mir bereits aus der Rehaklinik vertraut: **Wenn man die Krücken im Grunde nicht mehr benötigt, aber das Schmerzvermeidungsprogramm "Humpeln" im Kopf noch nicht abgeschaltet wurde, dann dient das der besseren Balance, um aufrecht zu gehen und dadurch ein orthopädisch korrektes Gangbild zu entwickeln.** Ich zittere zwar vom Tilidin, habe Verstopfung und Sodbrennen und schwitze noch immer, als wäre ich ein Gladiator im Kampf gegen Dämonen. Aber ich kann wieder laufen und lande bei mir zuhause, um diesen Bericht am Stehpult zu vollenden. Es ist 15 Uhr. Vor exakt 24 Stunden wusste ich noch nicht, worüber ich heute schreiben würde. Vielleicht eignet sich solch eine Schote als Slamtext, auf jeden Fall ist das noch witziger als der Wetterbericht. Danke für's Zuhören.

NACHTRAG: Am Tage 2 nach der nutzlosen Notaufnahme, also am Tag 1 nach der Kortisonspritze, ist die Hexe beim Aufwachen zu ca. 30-40% zurückgekehrt, so daß ich zwar wieder Verspannungsschmerzen von jenen Bewegungen habe, bei denen die Rückenmuskulatur beansprucht wird (was erstaunlich viele, fast die meisten sind, nur merkt man das normalerweise nicht!), aber es tritt dadurch weder die Atemnot noch eine Blockade auf, so daß ich es schaffe, auch trotz der Schmerzen das Bett zu verlassen und die minimalsten Übungen zu machen, die der Lockerung, Dehnung und Einrenkung dienen. **Der Teufelskreislauf muss durchbrochen bleiben, dazu dient die Schmerzreduktion! Dann hat man eine Chance, den Prozess in die richtige Richtung anzutriggern anstatt im Käfig des Krampfes festzustecken.** Nach etwa 4 Stunden hat sich der Zustand schon soweit verbessert, daß ich normal aufrecht gehen kann und einen Spaziergang ohne Krücken riskiere! Darüber hinaus schaffe ich es, mithilfe der Übung auf dem Redondoball (kleiner zermatschter Gummiball), 2 dumpfe Knackgeräusche in den alleruntersten Lendenwirbeln ganz tief im Gesäß auszulösen, eins davon nicht mittig, sondern leicht rechts auf der Seite mit neuer Hüfte. Vermutlich waren sie etwas verschoben, wenn auch kein echter "Vorfall", aber auf jeden Fall konnte ich da was einrenken. In diesem Moment bin ich froh, zu der Gruppe "überflexibel" (übermobil) zu gehören, denn die andere Gruppe der zu steifen kriegt zwar seltener was, kann sich aber auch schlechter selbst helfen. Die Nebenwirkungen vom Tilidin nerven, ich werde es schnellstmöglich absetzen, um zu prüfen, ob es auch ohne Medikamente besser wird. Falls aber am Montag (heute ist Freitag) noch immer zu viele Restblockaden am Bewegungsablauf hindern, soll ich nochmal morgens früh in der Notfallsprechstunde meines Orthopäden vorsprechen, um eine zweite Spritze verpasst zu bekommen. In jenem Fall würde die AU (Arbeitsunfähigkeit) nochmal verlängert, ansonsten bin ich aber auf jeden Fall für die gesamte kommende Woche beurlaubt. **Zum Glück haben wir einen Vertretungschauffeur, der spontan einsatzbereit war. Er kennt die Trauertaxi-Tätigkeit bestens bis ins Detail, da er mich wegen der neuen Hüfte bereits 2 Monate lang vertreten hatte. Ich danke auch meinem Arbeitgeber (ZWD: Zukunftswerkstatt), daß er für diese Notsituation sofort Verständnis zeigte!**

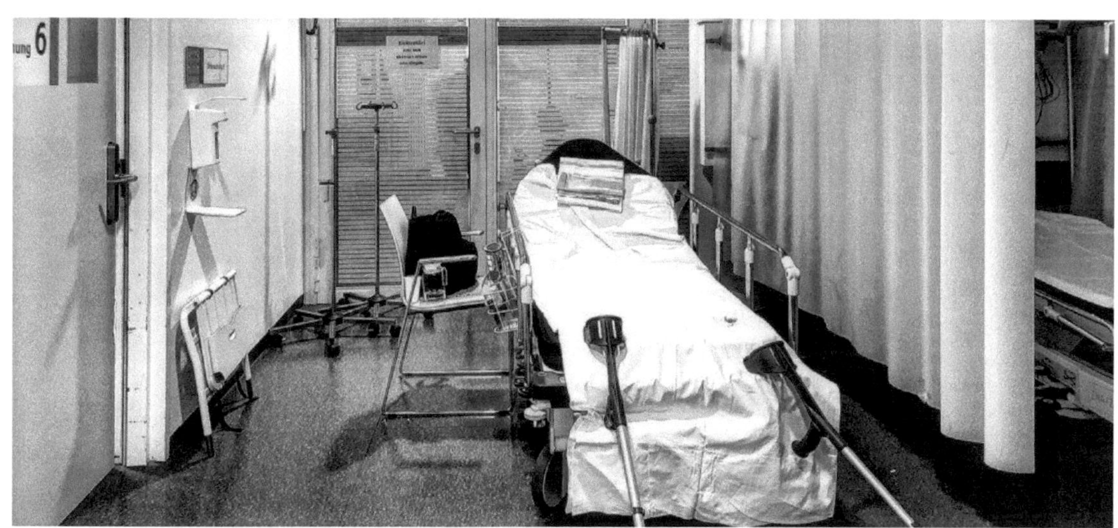

ERSATZSAUNA NR.6
(KLIMAZOMBIE-LIVESTREAM)

morgens früh fahre ich immer
mit allen anderen angestellten
des friedhofs im s6-ersatzbus
zur arbeit und bitte den fahrer
(der nur das wort "klima" kennt)
die lüftung zu aktivieren weil das
kondenswasser der zombies an
den beschlagenen scheiben
herunterläuft aber erst als wir
aussteigen und alle zu ihren
gruften marschieren begreife ich
warum keiner mit der wimper
zuckte sondern mit starrem blick
geradeaus schaute als ich die
sauna im bus kommentierte daß
"man sich da doch totschwitzt"
ich entschuldige mich höflich für
meine poetische ausdrucksweise
und wünsche eine ruhige schicht

KEIN STERBENSWÖRTCHEN
(KOSMISCHES KARUSSELL)

achtung das ist jetzt nicht
witzig (obwohl für erleuchtete
ein echter kosmischer witz) ich
werde sterben ja ich werde sterben
auch ich werde irgendwann
ganz plötzlich sterben eines tages
werde ich an einem tag wie jedem
andren wenn die sonne scheint
der regen plätschert und sich
der saharasand mit blütenstaub
vermischt an solch einem tag
werde ich keinen neugeborenen
mehr schreien hören die soldaten
nicht mehr kämpfen sehen und die
schönheit von AI gesichtern nicht
mehr mit den operierten models
verwechseln denn ich werde
einfach nicht mehr da sein um mir
tagesschau & tiktok reinzupfeifen
denn ich werde tot sein mausetot
mucksmäuschenstill ich werde
ziemlich sicher voll und ganz mit
haut und haar ins gras gebissen
haben die gesamte wiese mit den
zähnen abgemäht ich werde
endlich sowas von erlöst sein
diesen affenzirkus von realität
nicht mehr ertragen müssen
keinen pieps mehr tun kein
sterbenswörtchen mehr über die
lippen bringen kein gelächter mehr
aus diesen lästermaul das große
verstummen hat dann absolut
irreversibel begonnen und hört
niemals wieder auf es ist vorbei
die asche wirbelt wehrlos in die

dunkle brandung am vulkanstrand
wo wir einst das lieben übten jetzt
hat dieses weltall ein paar
unbequeme augen weniger um
sich beim unendlichen sein selbst
über die schulter zu schauen aber
das stört all die galaxien nicht
beim sturz in ihre schwarze mitte
in der zeitung steht ein gerahmter
ganzseitiger platzhalter für die
unnötige anzeige denn der frisch
verstorbene war schon
verschwunden als der tod ihn
holen wollte niemand da der
sensemann erhält die prämie nicht
kein name kann nun in den stein
gemeißelt werden und der freie
platz im paradies wird wieder neu
verlost die tombola hypnotisiert
die zombies und zaungäste aus
der hölle beste und beliebteste
von gott organisierte afterparty

NATÜRLICHES DELIRIUM

fischschwärme direkt
unter der oberfläche
libellen kurven kreuz und
quer ein graureiher schwebt
verdoppelt vorüber zu den
regungslosen riesenkarpfen
analoge lichtwellen auf ästen
der trauerbirke im gespiegelten
see ein erstaunter spaziergänger
aber alles normal die natur nur
an einem heißen sommertag

Düsseldorfer Nordfriedhof: SUNSET AM FISCHTEICH, 30.11.2023

Fahrgastbegleiter.de
UNIVERSUM
UND
UNIFORM
In Ihrer
Stadt
bücherei
Öffnungszeiten
(Opening Times)
Montag   14-19 Uhr
Dienstag   geschlossen
                (closed)
Mittwoch   11-13 Uhr +
                14-17 Uhr
Donnerstag   14-19 Uhr
Freitag   11-13 Uhr +
                14-17 Uhr
Samstag   11-13 Uhr
LyrikLEBT.de

N O N D U A L I S T . D E

Einführung in das psychosoziale Konzept der "Integrativen Empathie" aus den drei Basiskompetenzen OFFENHEIT, GEDULD und NEUGIER. Das Buch thematisiert das sogenannte *Zeitlupenbewusstsein*, das unserer hektischen, panischen, gestressten Gesellschaft noch fehlt.

Titantom de Tilidintoys
WARUM
CÉZANNE
DAS
AGGERTAL
GELIEBT
HÄTTE
Ausgewählte Blicke vom
Balkon der Aggertalklinik
©POEMiE™
Kunstkatalog ab
9.3.24 im Handel
ARBEITSDICHTE.de
Der Farbbildband vereinigt eine Auswahl
der eindrucksvollsten Landschaftsfotos
aus der Aggertalserie. Das Hauptmotiv
ist der Himmel mit seinen diversen
Wolkenformationen, vorallem bei
Sonnenuntergang, über dem
verschneiten, vernebelten
und verwunschenen Tal.
9 783758 368196
BoD Verlag 20€

OASE DER ANDACHT
Ab 12.5.2024 im Buchhandel !
9 783759 720184
Der Düsseldorfer Nordfriedhof nach 140 Jahren:
Ausgewählte Fotos des Chauffeurs 2023-2024

Alle Publikationen von Tom de Toys

- bei Amazon & als eBooks (für Kindle):
NEUROGERMANISTIK.de & **POPLITERATUR.de**
- Werkquerschnitt & ausgewähltes Projekt:
NEUROLITERATUR.de & **Gedicht2go.de**

Multimedia-Taxiprojekt: www.NAHZONE.de

Weiterführendes von Tom de Toys

YouTube-Video-Playlists: **POPLYRIK.de**
SoundCloud-Audios: **LYRIKLOUNGE.de**
LiveLyrik-Buchung: **SCHULGEDICHT.de**
Ausstellungen: **POSTMODERNEKUNST.de**